前進吧！寶利

翁心怡◎著
李月玲◎圖

名家推薦

陳素宜（少兒文學作家）：

英雄離家踏上旅程，在外冒險犯難歷盡千辛萬苦，等到英雄返家，他已經不是出門時的他，冒險犯難的旅程，成就他的人生意義。寶利因為父母一時的不愉快，被迫跟著負氣離家出走的媽媽，搬到外面租的小公寓，因而展開一場人際關係的冒險旅程。頭髮染成大紅色的火雞女孩，咬著口香糖朝地上吐口水的女孩，頂著超短平頭說話結巴的女孩，和一個黑人辮子頭、左耳一個耳環閃閃發光，卻戴著豹紋口罩的怪咖女孩，正是寶利要征服的人際關卡。流利的文字帶領讀者，隨著精彩的情節起伏，讓人直想一口氣讀完，看見寶利回家時，心中那片最美的風景。

許建崑（東海大學中文系教授）：

離家，是否為了回家？十三歲的張寶利在寒假開始，遇上爸媽冷戰，只好陪媽媽過短暫的單親生活。因為媽媽閉關寫作，又去參加補習班三個禮拜的冬令營，碰見惡女四人組，吃盡苦頭，最終還是成為好朋友。

故事結構平實，始於離家，終於回家；有爭執、誤會，也會有寬容、和解；有繆思女神，自然要「聽誰在唱歌」，也要有「小說結局」。象徵的處理很好，惡女之首領譚雅擁有各種顏色的口罩，代表少女多變化的心情；窗外被人驚擾的鳥巢，象徵著現代家庭組構的脆弱；藉著《威利在哪裡》一本書，說明在人群中也可以找到自己。最值得稱許的，還是人物的刻畫。寶利、譚雅、喬治導師，連律師爸爸、作家媽媽的性格、動作和對話，都有精彩的表現。

游珮芸（台東大學兒童文學研究所所長）：

主角是一位十三歲七年級的少女，以敏感犀利的觀察力，帶著些許戲謔與幽默的口吻，敘述一段令人難以忘懷的寒假際遇。先是父母鬧彆扭，主角寶利跟著母親「離家出走」，接著在陌生的環境遇到不良少女「四人組」，沒想到又與這不打不相識的四人，一同在寒假課輔補習班相遇。

故事主軸架出少女們從互相排擠到互相接納，從相看兩厭到成為「閨蜜」小團體。

作者使用的衝突事件本身與化解衝突的契機，都是日常生活中很可能遇到的「小事件」，但在主角寶利活靈活現的敘述下，卻充滿戲劇張力，讓人不捨中斷閱讀，一氣到底。完全不說教的故事底蘊，但卻也說了很多……，待讀者親自領略。

目錄

1 離開

我坐在車內，雙手環抱著書包，這是我平常避之唯恐不及的東西，但此刻，它卻比任何一隻毛絨絨的泰迪熊更為溫暖。我把膝蓋屈起來，將它摟得更緊一些。

車子開得很慢，不知道是因為媽媽太久沒開車了，還是對於離開家還有些捨不得呢？我盯著前座緊緊握著方向盤的媽媽，她看起來相當緊張，整個人坐得像個被冰凍住的艾莎公主一般，動也不動，眼睛眨也不眨地直視前方，彷彿來到《冰雪奇緣》中的奇幻之地，眼前還閃爍著亮晃晃的極光。

我瞧了瞧前方的亮光，瞥了一下儀表板，忍不住提醒她：「媽，車子大燈沒關。」

看得出媽媽嚇了一跳，她皺著眉頭，一隻手離開了方向盤胡亂在前方摸索，眼見她開始手忙腳亂，為了自己人身安全，我只好探向前去幫她按掉車燈按鍵。她長吁了一口氣，放鬆下來。

媽媽定了定神，低聲嘟噥了一句：「太久沒開車了。」接著拉高聲音，刻意用玩笑的語氣說：「看來，以後我要請你到前座當我的副駕駛囉。」她邊說邊從後照鏡偷偷瞄著我，然後眨著眼勉強笑了一下。

我沒有笑。事實上，在今天之前，我都是坐在前座，旁邊開車的人是爸爸。

從前家裡出門，媽媽總是喜歡自己一個人坐在車

後，她有時閉著眼睛，嘴裡念念有詞，有時突然搖下窗戶，像是發現外星人般探頭往外直瞧，我和爸爸早已見怪不怪。她是個作家，依她的說法，她無時無刻不在觀察，在找靈感，在我看來卻大部分都是無意識的放空，也就是發呆。

不過這樣也好，媽媽喜歡車後有自己的空間，不被人打擾，我卻喜歡坐

在前座，一邊研究儀表板上的儀器，一邊看著眼前寬闊的街景。一大面乾淨的擋風玻璃視野無懈可擊，車子行進時，全新的景物不斷快速迎面而來，然後咻地被急甩在後頭，好像電影銀幕上不斷轉換的影片。

有些時候我會假裝以為自己正身處在星際戰艦上，與偉大的艦長並肩看著眼前偌大的觀景窗，隨時待命，準備執行一系列未知的任務。可惜的是我的指揮官通常只有下達一些調整行車紀錄器、播放音樂、遞上飲料等例行命令。

車上所有的ＣＤ我都瞭若指掌，我的指揮官特別喜歡爵士樂，他說可以放鬆他緊繃的神經，一些耳熟能詳的西洋歌我都能朗朗上口，這難免造成我英文好像很好的錯覺，讓媽媽很高興。除此之外，其實坐在副座的我，還是能享受到一些別的驚喜。

就好像有一次晚上出遊回家，天際一道細細的光在零點零一秒的

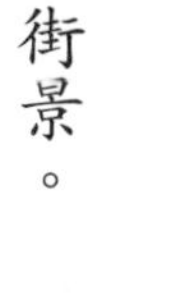

瞬間劃破天空的黑暗，我發誓那一剎那我看到了流星！但這樣短暫而美好的一刻，卻只有坐在副駕駛座上的我能夠親眼目睹，連爸爸都沒注意到。在這車子的小小空間裡，這裡是我專屬的小宇宙，在這兒，我可以看到迎面而來的全世界，當然，這是在這星期之前。

因為，我媽要和我爸「暫時冷靜」一下。我們離家出走了，這是媽的說法。

「你要坐到前面來嗎？小乖？」媽往右轉，我注意到她忘了打方向燈，而且車速慢慢快了起來。

當媽叫我小乖的時候，表示很多狀況，絕大部分是善意的表示，但同時相對地也希望我給她肯定的回應，但這次我並不想。

「不要。」我簡短地回答。

今天的我突然發現原來右後座空間非常的安全，尤其前面開車的是已經幾百年沒開過車子的老媽，我整個人蜷縮在椅子上，緊緊抱著我的書包。我最忠實的安全氣囊。

「媽，開慢點。」我憂心忡忡地說。

窗外的街道往後跑得越來越快了，我的心中隱隱覺得不妙。

「別擔心，我已經找回開車的手感了。」

老媽那充滿自信的神采又回到了她的臉上，她的身體靠在椅背上，全身線條變得柔和，甚至還哼起了歌。

我只能默默祈禱，這次她是對的。

2 誰是對的

「你媽媽的想像力太豐富了。」爸爸最近老是蹙著眉頭對我說。

唉，媽說過，寫小說的人當然需要一些與眾不同的思考，否則怎麼能給讀者驚喜？

就像她有一次的小說將一隻迷你小蟑螂一路寫成一隻恐龍，最後竟然又變成一隻蝴蝶，搖搖晃晃飄然而去，故事真是曲折離奇，儘管我忘了小說結局是什麼，但這匪夷所思的想法就令我難以理解，儘管媽媽只是輕描淡寫地說，還有外國作家曾將人寫成一隻大甲蟲在家裡生活，相較之下她的作品可不算什麼。

但爸爸一直大搖其頭，很顯然地，他相當不以為然。

「其中邏輯大有問題。」他說。

後來那天媽媽整天都不理他——這倒是相當合乎邏輯的結果。

爸爸是個律師，他的法條背得滾瓜爛熟，平常他最喜歡和我玩的遊戲就是猜頁遊戲與接龍。有一本翻到書緣都破皮的《幸運全書》常年駐守在書架最醒目的位置——聽說是讓他順利考上律師的密笈，只要我唸出其中一條法條，他都能準確地說出頁碼，並且一字不漏地接下去。

他總是得意地說：「法律只有絕對的真理，沒有想像空間。」

這挺像名偵探柯南常說的：真相永遠只有一個。

但媽媽卻毫不客氣地反擊：世間萬物充滿無限的可能。

我想在爸爸的理解中世界應該屬於是非題，只有對錯，而媽媽卻

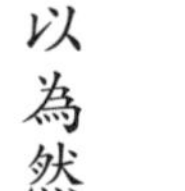

相信是選擇題，有比較多的選項。

但在家中不管什麼題目，給分數的永遠是媽媽。

所以對於媽媽寫的小說，爸爸後來總是謹慎地說「尊重」，我想他的意思就是不予置評，保持安全距離。

爸爸最後還是學聰明了。

不過出版社的阿姨倒有不同的意見，那位編輯阿姨常讚美媽媽的作品充滿奇幻的美感，不是每個平凡人都能體會的，不過我想大部分的我們應該都是平凡人，因為她的書銷量好像一向並不怎麼樣。

就算如此，我還是很羨慕媽媽有這樣瞭解她的伯樂，讓她可以沒有任何負擔，一直享受寫作的樂趣，不像我，每次在學校的作文，老師的評語最後總是直接戳出我的問題：天馬行空，主題失焦。

我一開始相當不服氣，也曾拿著我的作文給媽媽看，沒想到媽媽

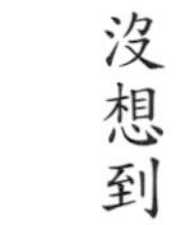

興味盎然地看完後只是哈哈大笑，然後再推推眼鏡，認真地看著我說：「張寶利，這意思是你的文章出軌了，偏離跑道。」

她又重新翻了一遍，還是搖搖頭，「你已經七年級了，作文照著起承轉合的公式來寫，會是一條比較安全的路吧。」

媽媽說完看了我一眼，忍不住又小心翼翼地問：「還是要找你們老師溝通一下？」

看來每個家長都很怕背負抹煞小孩創作力的惡名，不過……算了吧，我對寫東西其實也不太感興趣，而且仔細想想，其實老師也沒有錯，說實在的，哪個人能接受自己的學生，從題目「拔河生死戰」一路寫到巷口的流浪狗之歌呢？

想像力豐富和思路出軌看來只有一線之差。

所以，那天媽媽說爸爸外面交女朋友了，是想像力太豐富了嗎？

3 繆思女神

天色慢慢暗了，四周彷彿有一塊薄薄的黑紗無聲無息鋪天蓋地落了下來。我靠著車窗呵氣，玻璃慢慢泛起了一層薄薄的霧氣，我開始胡亂在上面塗塗寫寫。

我們離開家的時候太臨時起意了，因此，並沒有帶太多東西出來，至少，不是十分有計畫的「離家出走」。

除了臨時開走爸的車子，我隨手抓了書包以外，就只有媽媽胡亂抓進行李袋裡的一些衣服，感覺像是一次匆匆忙忙的度假。

車子停了下來，我兩眼緊貼在窗戶上往外一看，嗯，原來是媽媽

平常為了趕稿租的公寓，媽媽有時會自己一個人來住個幾天。

這是一棟十層樓的舊公寓，媽媽租的樓層在六樓，壁面是磚紅色的石子，側邊種了爬牆虎，綠色的藤蔓虎虎向上爬到一半就自動往兩邊發展，遠遠的望去就像一個紅臉的人刺了半面綠色的刺青，媽媽第一眼就覺得很酷，這是她當初選擇租下這裡的原因。儘管爸分析了十五點不適合的理由，她還是義無反顧地租了下來。

說真的，有時我也覺得媽太任性了一點，就像這次臨時出走，為什麼不乾脆直接叫爸開車送我們來呢？這不是更酷嗎？

媽媽說這裡是她的繆思之殿，也就是她靈感女神居住的神殿，在這裡繆思女神會給她源源不絕的靈感。她所有偉大的小說都是在這裡完成的，但重點是當初是她自己一個人來，沒有我和爸這兩個閒雜人等干擾。

聽起來這位靈感女神挺怕生的。這次媽媽一時衝動把帶我來這

裡，不知道這位女神會不會介意？

不過令人感到稀奇的是這公寓離家並不是很遠，媽竟然能開車繞了好幾個鐘頭，難道這是對路程發揮豐富想像力的結果嗎？

媽媽在這棟公寓旁彎彎曲曲的巷道裡花了二十幾分鐘找停車位，又花了將近十分鐘試著把車停進去。

爸的這輛紅色福特是四輪傳動，平常威風凜凜上山下海，從馬路上下人行道根本沒有任何問題，就像廣告中所標榜的是個剽悍的城市戰士，不過不知道為什麼，戰士此時竟困在這小小車格裡，進退失據，居然有那麼一點虎落平陽的淒涼感。

一開始我只有坐在車內探出頭指揮，慢慢意識到事情不太妙，最後乾脆下車站在車後，隨時拍著那不受控制的車屁股，然後無奈地看著它重複地扭來扭去。前進後退前進後退，倒車雷達滴滴滴直響個不

尋狗

停。

我真是快瘋了。

「媽，再前面一點。」我尖叫著。車子實在太歪了。

媽媽探出頭看了看，過了一會兒終於下車。

她拍了拍手，若無其事地對我說：「就先這樣吧！」

我瞪大了雙眼，不敢置信，「媽！」

媽媽揮揮手，以我見過最從容優雅的姿態，拿著行李瀟灑地上樓去了。

說真的，老媽除了能掌握她書中的人物之外，和現實生活簡直脫節。我呆呆地看著眼前與停車格成三十度角的車子，就好像被主人遺棄的寵物一般可憐兮兮地停在那裡，進退不得，我卻只能站在那裡束手無策。

這時，手機突然響了。

我一看，是爸。

「到了嗎？」咦，爸太神了，不只知道媽的行蹤，連時間都抓得剛剛好。

「嗯。」

另一頭沒有聲音。

我想了想，還是決定問了：「爸，這回你到底是怎麼惹到老媽的？」

「難道，你真的……」我稍稍提高了聲音。

「張寶利！」

我趕緊閉嘴。

爸停了一會，接著說：「你上學怎麼辦？」

我沒好氣地低聲回答，「早已經放寒假了。」

真是受不了，大人自己的問題往往是事情的起因，但他們關心的永遠是另一件事。

「張寶利，快上來！」媽從六樓窗口探出頭來往下看。

我開玩笑地扯開嗓門對她高聲喊著：「把你的長頭髮放下來！」

媽媽瞪了我一眼，轉身進去了。

我急忙對爸爸說：「沒事，安啦！」

但在我轉頭看到爸那輛車子，就像脫隊的小朋友般屁股露出車格時，只好又補了一句：「不包括車子。」

在掛掉電話前，我彷彿聽到老爸大大地嘆了口氣。

我從來沒跟媽住過她的繆思公寓，不過，現在看起來卻乾淨得不可思議。媽媽不是會整理家務的人，可是，房間卻整整齊齊，連廚房

也都一塵不染，廚具亮晶晶的，就像從來沒有使用過一樣……想到這裡，我的心突地一涼，完了。這幾天的我可能要困在這荒島裡，當個自己覓食的魯賓遜了。

媽媽正坐著低頭整理信箱中的廣告信，我的肚子非常識時務地提醒我晚餐時間到了。

「媽，晚餐吃什麼？」我冷靜地問。

她抬起頭愣了一下，然後帶著歉意看著我。「我們出去吃吧。」

看起來我的老媽好像突然想起來有個女兒在這裡，我頓時覺得自己好像是多餘的闖入者，打擾了她。

「爸剛打電話，他知道我們在這裡。」我很快地說。心裡開始盤算下一步的反應，突然間，我開始可憐起我自己，這應該不關我的事，莫名其妙被捲入這東拉西扯的漩渦，真令人心煩。

我皺起苦瓜臉瞪著媽媽，沒想到媽媽的反應完全出乎我意料之外。

「哈！那太好了！我還在煩惱要怎麼給他線索哩！」媽愉快地說。

我呆住了。

什麼？媽太過分了，這是什麼小說情節，在玩偵探遊戲嗎？不知道自己開車有多恐怖，也不管車子停得亂七八糟，拍拍屁股了事，真是幼稚。

我要回家了！

怒意在開始我胸口裡翻騰，漸漸往臉上延燒。我倏地站起來，媽大概看得出來我要翻臉了，她顯得不知所措。

她一開始小聲地嘟噥著，接著開始滔滔不絕地解釋。我坐了下來。

媽媽的口才其實不錯，具有能將滄海說成桑田的本事，據說小時候曾拿過好幾面演講的獎牌。不過在這半小時的內容中大約只能歸納出十分鐘的重點，其餘都是一些加油添醋的修辭技巧。

反正事情的結論就是媽媽吃醋了，要離家示威。

她不喜歡的那位阿姨我在爸爸事務所見過，皮膚很白，個子小小的，身上有股淡淡的茉莉花香，雖然爸爸見到她總是笑嘻嘻的，但也只是客戶吧！

我鬆了一口氣。

好餓。在我初步估計這一切只不過是一場鬧劇後，我的肚子又醒了，它大聲地抗議著。媽媽帶著我到附近速食店吃了些東西。店裡鬧哄哄地，我實在不喜歡這些東奔西跑的小孩，以及需要大量餐巾紙的油膩東西，倒是媽媽一邊翻著書，一邊津津有味地吃著薯條。

我坐在對面仔細端詳著她。微卷的短髮紮了起來，鼻子上架著一副黑框眼鏡，眼睛都要貼到書頁上，整個人早已經沉落到書裡那無邊無際的世界去了。

我望了眼牆邊鏡面的倒影，我倆像同一組模子複刻出來的。不過，看樣子，這時的我倒比較像個媽媽，至少目前還停留在現實世界裡。

我深深嘆了口氣，暗自祈禱繆思女神讓這奇怪的假期早點結束。

4 籃球啊

媽媽的繆思女神來了，她決定投入她的懷抱。在她閉關寫稿的期間，打算送我到附近補習班的冬令營，時間只有三個星期，包括課業輔導和兩天戶外活動。她很高興時間卡得剛剛好，剛好接上我下個學期的開學。

「這課程排的時間太完美了。」媽媽兩眼閃著光，看著補習班的傳單大聲讚嘆。她不知道補習班一向比家長更清楚學校的整套時程。

雖然我不喜歡待在補習班，但因為我實在無法忍受整天看著媽媽對著電腦喃喃自語，一人分飾多角，那模樣怪可怕的。因此我只好勉

為其難接受冬令營（其實就是課輔班）的提議，唯一的條件是不能過問我這段時間的上課情形和成績。

我已經七年級了，一隻腳已經踏進了升學的泥沼，到底要一口氣跳下去，還是拔腿逃走，我還在左右搖擺，就如同我的成績一樣。

學習其實是一件挺有趣的事，就像塊鋪滿可口鮮奶油的蛋糕，但在淋上分數那匙又黑又鹹的醬油後，卻令人倒盡胃口。

爸爸來了，送來了一些補給品，媽交代我下樓。我猜他倆的「冷靜期」默契大概是撐到我寒假結束。爸爸看起來神清氣爽，感覺正準備開始重溫他難得的單身假期。

「媽媽還在生氣嗎？」他虛情假意地問了幾句，但眼睛一直瞥向他的車子。要不是希望兩人趕緊和平收場，我一定要大大告上一場御狀。

說真的，這兩個人的表現都讓我十分不開心。

紅色的城市戰士經過了一個晚上，整個車身已經蒙上一層薄薄的灰塵，顯得有些灰頭土臉。爸爸前前後後檢查車子，保險桿、輪子、後照鏡，最後連腳踏墊都翻了起來，那模樣就像柯南在調查一樁棘手的密室案件，只差沒拿出放大鏡搜索罷了。

在發現車後多出一道長長的刮痕後，他像被雷擊中般大叫一聲，那咬牙切齒加上痛心疾首的樣子就像是世界瞬間毀滅一樣。

「還是開回去吧。」我冷靜地說。

看著他痛苦的臉，我又挖苦了一句，「下次記得把鑰匙藏好。」

爸爸又搖頭又嘆氣，我把車鑰匙交給他，他檢查了一下，嘴裡嘀咕著，我聽到一些保養之類的名詞，最後他上了車，想了想，又說了句：「再打給我。」

我揮了揮手，看著爸和他的紅色福特一路滑行而去，咻一下不見了蹤影。

我一直不喜歡當獨生女，理由很多，歸納起來就只有一點，是真的一點。也就是我只是一個孤單的點，我沒有自己的小圈圈。

叔叔家有三個孩子，堂哥和兩個堂妹，阿姨家有兩個表弟，從小在一起總是吵翻天，拳頭到處亂飛，可是他們總是各打各的，井水不會犯到別家的河水。

平常他們常常對我抱怨自己的兄弟姊妹，可是玩棋或遊戲對打時，卻都不自覺幫著自己家的人，我很羨慕他們可以一起吃同一支霜淇淋，毫不在乎那上面有多少噁心的口水。

我總是自己吃完一整支霜淇淋。

記得小時候有一次大人都不在家，最大的堂哥才十歲，我們一群

小孩看了恐怖電視劇後，大家抱在一起滾在床上大聲尖叫，那時我才清楚地知道誰是同一國的，在一陣兵荒馬亂中，當時的我只能自己抓著棉被，哀怨地想辦法擠進那不屬於我的圈子中。

那時的感覺又回來了。

一顆球滾了過來，我下意識用腳擋住了。

我向球來的方向看去，右前方有一座籃球場，幾個人站在籃框下。

「丟過來！」那些人尖聲高喊著。

我想也不想便抬腿用力踢了回去，我很滿意自己的力道，不過，它並沒有想像中那麼合作，一道高高的弧線後不偏不倚地掉進了水溝。

咚，一陣黑色的水花。

慘了。

前面的人一陣靜默後，跑了過來。

令我感到驚訝的是，打球的是一群女生。

第一個到的是個短髮女孩，頭髮染成大紅色，尖銳的聲音比她的人更早到。

「搞什麼！你以為你自己是貝克漢啊！」看著她的紅頭髮，我想起了火雞。

火雞插著腰，拉出了準備開戰的架式。她的紅髮凌亂地披散在臉上，像絲絲的火苗準備開始延燒。

另一個隨後趕來的女孩一邊嚼著口香糖，一邊轉頭朝水溝的方向看了一眼，然後瞪著我，用力朝地上吐了口水，但一不小心連口香糖也吐出來了，我看到她臉上閃過一絲懊惱的神色。

我突然對她感到有點抱歉。

第三個平頭女孩一來馬上加入了戰局，我瞪著她的頭，想起了浴室的刷子。

她衝到我前面，指著我的鼻子，大聲喊著：

「把球球……球拿……拿來。」說完整張臉脹紅到了脖子。

我沒想到自己在這時會做出一件那麼糟糕的事——

我竟然噗哧一聲笑了出來。雖然馬上摀住嘴，但顯然來不及了。

平頭結巴女怒吼一聲，朝我撲了過來，我想往後逃跑，沒想到火雞女和口香糖女迅速兩邊包抄，兩手張開攔住我的去路，平頭女趁機攻入，我突然感到右腿一陣劇痛，不知道誰趁亂踢了我一腳。我又羞又氣，雙手滿天亂抓，我看到火雞女的紅髮開始像雞毛一樣亂飛，我的眼鏡瞬間被扯掉，眼前只剩下一堆晃動的人影。

不知哪來的力氣，我衝向前一把攔腰抱住平頭女，兩人滾到地

上，我本來想學電視劇扯她的頭髮，沒想到留平頭的好處在這時候展露出來。

我一邊拳打腳踢，一邊考慮以後換髮型的可能性。

「把球撿起來。」一陣冷冷的聲音從我身後傳了過來。

我甩開身上的人，撿起眼鏡轉頭一看，一個滿頭黑人辮子的女生兩手插在口袋往下瞧，左耳的耳環一閃一閃的。

她臉上戴著豹紋口罩，我無法看清楚她的表情。不過她的一雙眼睛上上下下打量著我，好像在看一塊砧板上的肉。

我站了起來，本來想說幾句抗議的狠話，但到了嘴邊還是吞了回去。

我看了看對方其他三個人和自己同樣狼狽，心裡不禁莫名地感到得意。

我走到水溝邊，她們隨後跟了過來。

那顆肇事的籃球此刻正無辜地在黑水溝裡載浮載沉，一股發酵的霉味令我忍不住捏住鼻子，後面有人吹了聲口哨，我感覺得出來她們開始幸災樂禍。

我猶豫了一下，最後投降了。畢竟事情是我惹出來的，我得善後。

我在旁邊找了一根樹枝，想要把球撈出來，不過球就像湯裡的魚丸一樣滑溜，我只好又找了一根樹枝，兩根樹枝一起夾住那顆籃球，小心翼翼地將那顆黑漆漆的球慢慢撐起來，這偉大的特技連她們都忍不住湊向前看。

突然，我手裡一空，那狡猾的球又逃回水溝裡，咚！又黑又臭的水花毫不客氣地高高飛濺起來，每個人的身上頓時斑斑點點，大家都成了斑紋小花貓，沒一個躲得過。

周遭空氣一下凝結，我愣愣地看著她們。那三個人同時轉頭看著辮子女。

辮子女深深吸了一口氣，在我還搞不清楚發生什麼事前，她一個箭步衝向水溝，在眾人的驚呼聲中，伸手一把撈出了那顆濕淋淋的球，然後猛地轉身，使勁朝我砸來！

砰的一聲，我的胸前瞬間爆開了朵墨色淋漓的大花。

我呆呆站著，看著她毫不在乎地把溼答答的手插回口袋裡。

「那顆球送你。」辮子女平靜地丟下一句話，扭頭領著其他女孩走了。

我聞著衣服上飄散的陣陣臭味，開始猜想媽媽的反應。

一陣尖叫。

媽媽看著我的樣子像看到外星人一樣。也難怪，眼鏡歪了，臉上

有紅紅的抓痕，滿身臭味，活像隻剛打完架的野貓，還莫名其妙抱回一顆髒兮兮的籃球。

媽媽瞪著我，等著聽我解釋。

不知道為什麼，我不是很想跟媽媽說出實情，小孩子跟媽媽告狀撒嬌，有點丟臉，我已經十三歲了，有生以來才第一次正式的打架，感覺竟然不賴，但只要一想到那辮子女臨走前看著我那不屑的眼神，我就渾身不舒服。

我向媽媽編了個連自己都不相信的故事，媽媽皺著眉頭，把我的衣服遠遠地丟進洗衣機，她斜睨著我，看得出來她還是半信半疑。

感謝老天，還好她是個小說家，會自己把故事合理化。

5 夢想家

「尋找夢想家！時間不是問題，態度才是關鍵。如果你跟我們一樣具有對未來美好的憧憬，如果你跟我們具有同樣的理想與目標，那麼，請加入夢想家的行列。一通電話將改變您孩子的一生！」

這是我的補習班打出來的口號，說來真巧，我和昨天遇見的女生們對未來竟然具有同樣美好的憧憬，我們都是夢想家，或者改個說法，我們的父母都是夢想家，我們一齊被送來實現他們的理想與目

標，進而改變我們的一生。

我一進教室就看到了辮子女，事實上她是個難以讓人忽視的女生。她套著紅色的長版帽T，一手支著臉坐在教室最中央，臉上還是戴著口罩，滿頭細細的辮子像蛇一樣伏貼在帽子裡，像一群乖順的寵物。

火雞、口香糖和平頭女圍在她的旁邊聽著音樂，我還注意到平頭女的下巴貼了條OK繃，她不時摸著，好像很痛的樣子。

我把領子拉高，我可不想讓她看到我脖子上的傷痕。

口香糖看到我了，她站了起來，不過她今天的嘴巴閉得緊緊地嚼著糖，以免再發生昨天的失誤，我認為這是明智的。

平頭女關掉音樂，她的眼神感覺像是要把我吃了一樣，她激動地對辮子女講了一些話，聽起來還是有點結巴。

今天辮子女的口罩換成灰藍色的，雖然還是看不見她的臉，但心情肯定和口罩一樣憂鬱。

她對火雞使了個眼色，火雞霍地起身向我走了過來。

雖然教室裡都是人，我卻感到一陣涼意。我的眼睛迅速搜尋緊急逃生口，我有點後悔，早知道，平常學校的逃生演練應該要再認真一點的。

我的目光遠遠地和她相遇。啪。有火花。

「哈囉！」說完後我馬上覺得自己很蠢。

她一路筆直向我走來，我不知道在眾目睽睽下火雞打算對我做什麼，但幸好我不用知道，因為老師來了。

這是我有生以來頭一次這麼高興看到老師。

夢想家的老師很年輕，嗓門很大，雖然有點緊張，看起來仍活力

十足。

「同學們，」他的臉因為興奮而微微發紅。

「歡迎來到夢想家，我們將有三個星期的時間實現我們的夢想。」他握緊拳頭大聲地說。

有人笑了出來，是辮子女。她完全沒有瞧老師一眼。

我看到她拿出筆開始在桌子上輕輕敲打，那模樣就像她正在演奏爵士鼓。

老師看了她一眼，但在看到她的口罩後，一下放軟了語氣，「嗯，妳感冒了？」

辮子女裝腔作勢地咳了好幾下，火雞那夥人馬上跟著抓著喉嚨大咳特咳，一下子整個教室突然疫情嚴重，老師瞪大了眼，看起來相當震驚。

他揮了揮手，沒人理他，疫情繼續蔓延。有些男生開始拿出衛生紙假裝擤鼻涕，一張張白色的衛生紙開始在空中飄盪，他們不斷的吹氣，再吹氣，一下子，書包裡所有的衛生紙全飛出來了，就像滿天亂竄的白色蝴蝶。

教室的流行病開始失控，我同情地看著講桌前的老師，奇怪的是老師看起來卻不怎麼緊張。他笑嘻嘻地欣賞了大家瘋狂的表演後，低頭看了一下時間，我彷彿聽到他喃喃自語，開始倒數。

忽然間，他轉身從工具室裡拿出一把像機關槍的東西，他一扳開開關，我整個人嚇得幾乎跳了起來。

「不要啊！」眼尖的人一陣慘叫。我緊緊閉起了眼睛。

不過接下來我沒聽到機關槍噠噠噠的連發聲響，卻聽到轟轟轟的聲音，感覺非常耳熟。

我慢慢張開眼睛一看，失控的白蝴蝶咻咻咻的一隻隻被收進那把

機關槍裡，有點像是《西遊記》裡收服金角大王和銀角大王的瓶子。

我再仔細一看，那哪裡是機關槍，原來只是一架無線吸塵器。

年輕的老師雙手拿著吸塵器轟轟作響，左右掃射，轉眼間把滿天飛舞的衛生紙全數掃光，那景象有點像電影裡的駭客任務終結者，我們全都張大嘴巴，看得目瞪口呆。

教室裡安靜了下來，大家的感冒似乎全好了。

連辮子女都沒了聲音，她撇過了頭。

老師拍了拍手，臉上重新堆滿了笑容。

「同學們，平時要多注意自己身體健康，」

他像突然想到什麼似的，親切地補充了一句，「有需要衛生紙再找我。」

大家全都不約而同地轉頭看著那把吸塵器。

他收起了笑容，拿出了點名簿。

「現在我要一個個認識你們，」他的眼神在每個人臉上掃射一遍，特別在辮子女身上多停了幾秒。

「請注意，」他清了清喉嚨，大聲地說：「往後幾個星期，請各位多多合作。」

「因為，」他嚴肅地說，「我們將會在同一條船上。」

他直視著我們。

教室裡空蕩蕩的，一片寂靜。突然間，我聽到了一句話。

「是的，船長。」

老師笑了，開心地露出了一口白牙。

而令我自己都感到訝異的是，那句話是我說的。

我們的船長是外文系畢業的，英文名字叫做喬治。除了教英文以外，還將擔任我們冬令營隊的隊輔，性質有點像導師。

不過他不太像我的學校導師，他總是笑嘻嘻的。

我的中學女導師喜歡把「安靜」一直掛在嘴邊，她總是對著我們聲嘶力竭地喊著：「安靜！安靜！同學們安靜！」

不過她卻好像從來都沒有意識到，最後聲音最吵的永遠是她自己。

惡女四人組就讀附近的同一所中學，和我一樣都是七年級生。她們四個人很明顯的就是同一國的，也就是女生之間所說的「閨蜜」（雖然媽媽堅持應該要正名為閨密，但我認為蜜字才能傳達出那種黏膩感），某一種關係密切的小圈圈。

我知道閨蜜的操作型定義。閨蜜們上課必定坐在一起，下課也會互相簇擁著一起上廁所，不過還好，至少沒有像幼稚園的小朋友一樣

擠在同一間。另外，她們會有共同喜歡的對象，毫無道理，愛到無限瘋狂，神奇的是她們也會同時極度討厭一個人，並且能讓她們印象改觀的機會微乎其微。

前者我還不知道那幸運的傢伙是誰，但後者很明顯的目前就是我。

我在學校沒什麼親密的朋友。不喜歡線上遊戲，不喜歡偶像雜誌，聽不懂奇怪的冷笑話，因此沒辦法即時跟著發笑，這就是同學們判我出局的理由，我無法留在閨蜜圈裡，這種偏見實在沒道理。

我應該聘請爸爸幫我辯護的，他犀利的口才所向披靡，只略遜於媽媽那無厘頭的詭辯，但話說回來，我真的需要朋友嗎？

答案很快就出來了。

辮子女的名字叫譚雅，我終於見識到她的厲害。

原本我想要試著在課堂上好好表現，挫挫這個不良女的銳氣。沒想到國文課一開始，她就狠狠地把我甩在後頭。

國文老師想要先探探班上國文程度的底細，天真的我以為憑著白居易一篇落落長的〈琵琶行〉就能傲視江湖任我行，沒想到事實是這位辮子女已經能一口氣背出蘇軾的〈前後赤壁賦〉。

火雞跟著在旁邊驕傲地大聲宣傳，她的譚雅已經背完整本《古文觀止》，還曾拿過全校讀經班的狀元，這些對她來說只是小case。

從國文老師滿意的神情看起來，好像是已經得到天下英才而教一樣。「譚雅，譚雅」整節課親熱地叫個不停，我很想提醒她，千萬不要把孔子有教無類的精神拋在腦後。

接下來的英文課更誇張了，辮子女從之乎者也的古人瞬間又化身為外國人，她像是來自星星的人，只有她能用我們聽不懂的話流利地

和喬治船長抬槓，全班頓時都成了一群瞠目結舌的鴨子，傻傻地聽雷。

「沒辦法，」我心裡憤憤想著，「只有利用數學課來奮力一搏了。」

數學是我最大的罩門，為了面子，我的數學上課史裡從來沒有像此時一樣身心靈合一的專注，我努力想要把老師給的資訊與數字放進腦袋裡，希望能自動快速分解出答案。看得出來數學老師被我的精神震撼了，她對我點了好幾次頭嘉許我的認真。

但當老師口沫橫飛地講解完題型與公式，接著問到如何利用光速來求出太陽到冥王星的距離，腦袋裡的我才開始啟動思考模式，現實中的我已經看到譚雅慢慢條斯理地走上台，用一個簡單的式子輕鬆地寫出正確解答。

當她回頭用炯炯的眼神望向我時，我的心裡就明白了，那段星際

間的距離就是我和譚雅的距離。
單位是遙遠的光年。

6 譚雅

譚雅的口罩今天換成了黑色，這有點像天氣預報，或者空襲警報一樣，我耳朵裡彷彿響起了嗚嗚嗚的緊急叫聲。

我選了一個角落的位置，希望自己不要太顯眼。

但話說回來，又有誰會注意到我呢？

眼鏡，馬尾，四平八穩的臉，再加上白開水一樣平淡無味的個性。

唉，我暗暗嘆了口氣。

世界上有多少個像我一樣的人，但肯定只有一個譚雅。

譚雅把整本數學講義全寫完了，這消息一早便掀起了整個教室的瘋狂。

不論男生女生全擠到她的座位旁，椅子被撞得東倒西歪，那可怕的景象簡直像新聞記者採訪新聞一樣，只不過他們搶的是數學的獨家解答。

我看到譚雅若無其事地拿出色筆在紙上塗鴉，她像顆被行星團團圍繞的太陽一般，自顧自地閃閃發亮，散發出女王一樣的氣勢與光芒。

「抄完咯！」一名男生振臂歡呼，馬上又有另一個擠上前去，火雞和平頭忙著維持秩序，口香糖在旁邊大呼小叫，威脅他們馬上要收起筆記本。

我幾次已經不由自主地站起來，但看到譚雅拋過來一絲嘲弄的眼神後，屁股又重新回到原位。

去或不去？抄或不抄？天人交戰。

我突然想起莎士比亞中哈姆雷特的名言，「To be or not to be?」

媽媽只要遇到難以決定的事情，就會開始戲劇化地大喊這句台詞。

我想了三秒，不管了！我飛奔向前準備開始抄。

啪！筆記本被收了起來。

我的臉熱辣辣地燒了起來，我猜那黑色的口罩下一定藏著勝利的微笑。

下午一袋珍珠奶茶外送到教室，是譚雅請的。

不過數學這麼好的她，卻偏偏少算了一杯。

我看到自己空蕩蕩的桌面，覺得有東西鯁在喉嚨，卻又吐不出來。

「嘿，你，」她走到我身邊，左耳環釦閃啊閃的。

我全身汗毛豎立起來。

「抱歉，我漏了你的。」她的聲音聽不出任何感情。她走過去，又走了回來。

「我好像忘了妳的名字。」她說。

人群中突然喊出一聲，「張寶利，髒寶利！」

教室裡突然炸開一陣瘋狂爆笑，威力十足。

在眾人的爆笑聲中，我隨手抓了最近的一杯珍珠奶茶往前丟。

譚雅一偏頭閃過了，喬治船長剛好走了進來。

我們沉船了。

我們眼睜睜地看著喬治船長一顆顆地撥下滿頭滿臉的焦糖珍珠，猜想著他何時會開始抓狂咆哮，然後把我們一把抓起來轉圈後再扔出

去。

但出乎意料的是他看起來似乎不以為意，甚至還塞了幾顆珍珠到嘴巴裡嚼。

「不夠Q，而且太甜。」他說。

他公開向全班推薦了另一家店，之後拿出衛生紙開始擦他臉上的奶茶，「茶的味道也不夠天然。」他嘖嘖兩聲，非常專業地宣布這杯奶茶用的絕對是奶精，不是純鮮奶。

「老師，我希望……」譚雅舉了手。

喬治打斷她的話，「OK，你們兩個賺到一節課了。」他露出了一口大白牙。

我原本想大叫這不是我的錯，但看到滿地滑溜的珍珠後，我又打消了念頭。然後，我們兩個被要求到隔壁休息室自修一節課，並且用英文的過去式語法寫出剛才發生的事。

這太不公平了。我連中文作文都會失焦，何況要用英文寫。

我不情願地跟著喬治走到隔壁房間，譚雅手插口袋慢慢跟在最後，她輕輕晃著滿頭的辮子，看起來一副無所謂的樣子。

休息室很小，一整排書櫃靠著牆邊，占了大部分的空間。書櫃裡擺滿了教育心理學的書，還有各科的升學參考書。

書櫃旁只有一張桌子，上面鋪著一大張寫到一半的書法，它的主人不見了，只剩一枝飽滿的毛筆架在打開的墨水瓶上，看起來像危樓

一樣搖搖欲墜，令人怵目驚心。

喬治本來要我們在那張桌子旁邊挪出一個位置來，但是我和譚雅從認識以來第一次達到共識，我們寧願一起擠到靠窗的沙發上，窩在矮小的茶几上寫。

我注意到她今天穿的是米白色的毛衣。我也不想讓我的衣服冒險，我隨即想起了那件濺滿水溝髒水的上衣，後來已經被悲慘地回收了。

都是她害的。

我轉頭瞪著旁邊的譚雅，她已經寫完三大張密密麻麻的英文，又開始畫畫了。

從我的角度可以很清楚地看到她的畫，一個個大臉娃娃，大大的頭加上小小的身體，像一枝枝大頭棉花棒。占了整張臉一半面積的超

大眼睛，看起來十分無辜，那眼神卻好像又帶著股怒意，給人一種既純真又邪惡的感覺。

娃娃神情看起來有點眼熟，是像譚雅嗎？

我偷偷瞧著她，除了口罩遮住的部分外，她其實長得滿好看的。辮子黑黑亮亮的，用不同顏色的橡皮筋緊緊束著，梳理得很有型，側面長睫毛看起來像個洋娃娃。但是她如果是個美女，就沒必要戴口罩了。

我恨恨地想著，說不定是個歪嘴，甚至還是個大暴牙，嘴邊有痘痘，還有一顆長毛大黑痣。想到這裡，我忍不住吃吃笑了起來。

「閉嘴。」她輕輕地說。

那溫柔的語調一不小心還會讓人誤以為她在說謝謝。

我開始哼起了歌，越來越大聲。

我突然管不住我的嘴巴。我豁出去了。

她的筆停了下來，我知道我激怒她了。

她開始念出一串英文，雖然我聽不懂，但用肚臍想也知道她在罵人。

真踐，罵人用英文。

「傷害、毀謗、公共危險、損害名譽，我要告你！」我氣極了。

我不自覺搬出爸爸平常和我玩時背的法條，一條一條控訴她可惡的罪狀，我嘴巴不停地念著，心裡突然開始想念起爸爸。我快哭了。

她停了下來。我感覺她在笑。

「不罵了嗎？」我惡狠狠地說。

她撥了撥頭髮，「我剛剛念的是莎士比亞的〈十四行詩〉。」

她又念了一段。

見鬼了，誰知道她念什麼？

我發誓，下學期一定要把英文學好。

「你別太過分了。」我握緊了拳頭，準備好好再打一場。

「開不起玩笑就算了。」她聳了聳肩。

「我一定要捏扁你的臉。」我從牙縫裡擠出一句話。

這隻自以為是的鬼！

突然間，她的眼神定定落在我的背後。

我也聽到了，奇怪的聲音。

啪搭啪搭，有點像雨點打在屋頂，斷斷續續地，還有細細的啾啾聲。

聲音是從我身後的窗外傳來的，我馬上轉身，透過窗戶往外探，譚雅也擠了過來，我們的臉緊緊貼在玻璃上，睜大眼努力往外瞧，我的臉都變形了。

鳥，是一隻鳥。灰色的胖胖鳥脖子上掛著一圈亮亮的羽毛，牠的爪子踩在窗戶上頭的遮雨棚上，走來走去，發出像下雨一樣搭搭的聲響。

「你看！」譚雅推了我一下，我仔細一瞧，發現那隻鳥嘴上叼著一根細細的草，像紳士叼著菸斗一樣，牠東張西望，好像在找尋什麼。

忽然間牠拍動翅膀，向窗邊的我們急急俯衝下來。

「哇！」我們兩個一陣踉蹌，嚇得往後跌坐在地上。

那隻鳥不見了。譚雅先爬了起來搶到窗戶旁，我也馬上跳到她旁邊。

「噓。」她用食指抵在口罩上。

我也看到了，那隻鳥現在站在窗戶下的護欄裡，牠在築巢。

胖胖鳥把嘴上的細草放下後，啄了啄身體，四處走了幾步，又匆匆往樓下飛去。我的視線緊緊追著牠。

這裡是六樓，樓下中庭種了些樹，我看到牠在樹旁找到合意的建材後，噗噗拍著翅膀往上飛，牠選擇在高高的六樓建造牠的空中樓房。大概因為太胖了，飛一陣就要在各樓間的遮雨棚休息一下，要好幾個起落才能飛到眼前的新豪宅。

我們緊緊盯著牠的動靜，深怕一不注意小鳥就不見蹤影。

不一會兒，另一隻長相相似的灰鳥也叼來了樹枝，牠放了就飛走，窗戶下面已經有一團蓬蓬的鳥巢逐漸成型了。這有趣的工程讓我們兩個看得津津有味。

譚雅忽然低聲地問：「你想那裡面有沒有小鳥？」她指著那團鳥巢。

這話引起了我的好奇心。

「我來看看。」我小聲回答。

我低著頭慢慢打開窗戶，盡量放低身體往巢裡瞧。我看了很久，巢裡面黑黑的一團，沒有動靜。

「看不到，換你來。」我向右稍稍挪出位置，譚雅兩手撐住牆框，一跨，整個人探出窗口，我急忙攔抱住她的腰。

「快一點，你看到什麼？」

我開始受不了，沒想到這傢伙好重，我的手都麻掉了。

「沒有，看不到，再等一下。」

她又往前一點，我有預感下一秒我們兩個人都會變成鳥飛出去。

「沒有，裡面沒東西。」譚雅跳了下來，我鬆了一口氣，雙手放開了她。

但沒有小鳥這件事，令我感到有些微微的失望。

「小鳥夫妻大概先搬新家，還沒生baby。」我說。

譚雅看了看外面，她關起窗戶並且上了鎖，然後轉過身來面對著我，壓低了聲音說：「不要告訴別人。否則，」她停了停，眼神很嚴肅。

「那些鳥，」她比了一個手刀橫在脖子上的手勢。

「喀。」她說。

我懂了，慎重地點點頭。

門開了，喬治的頭探了進來。

「Ladies, are you ok?」

我們不約而同地給了他一個飽滿的微笑。

「是的，船長！」

就在此時，我看到一顆珍珠從他頭上滾落下來。

7 威利在哪裡

來吧，髒寶利，我們來鬥牛。

譚雅站在籃框下，揚著下巴。今天的她換上骷髏的口罩，一手插在口袋裡，單手運球，滿頭長長的辮子迎風飛舞，好像一條條的黑蛇吐著蛇信，嘶嘶嘶。

我站在原地，看著譚雅快步向我衝來，我想跑，兩腿卻不聽使喚，我使盡力氣，才發現自己被地上的口香糖黏住了，我用力扯開，沒想到口香糖越黏越多，我像個蜘蛛人一樣，不停地吐絲把自己團團纏住。

不知何時辮子蛇已經逼近了，冷不防她直接向我偷襲，那顆球飆高速直直向我飛來，我想接，沒想到籃球突然變成滿天的珍珠奶茶……。

我大叫一聲，坐了起來，睜開眼睛，才發現我人在床上。

我突然感到全身不舒服，整個人昏昏沉沉的。

「臉色不太好，」媽媽按住我的額頭。

「應該沒有發燒。」她說。

「我不舒服。」我裝出小貓一樣的聲音。

「頭痛嗎？拉肚子？有咳嗽嗎，還是鼻塞？胸口會喘嗎？」媽媽把我平時的老症狀全部點名一遍，真是專業。

我搖了搖頭，自己也不知道究竟哪裡不對，只感覺胸口上像有塊大鉛石悶悶地壓著，很難受。

「好吧！」媽很乾脆。

她開始找我的健保卡。天啊，我不想看醫生。

「媽，我還好啦。」我趕緊坐起來。

「那休息一下再去上課。」天啊，我也不想去上課。我又躺了回去。

媽停了下來，兩手交叉在胸前，意味深長地看著我。

「張寶利。」她傾身湊到我的眼前，我清楚地看到她右臉新冒出的痘子。

「你不想上課嗎？」媽媽一針見血地問。

我不說話。

媽媽睜大了眼睛。

「進度跟不上嗎，還是老師很凶？」媽媽看起來有點緊張。

我突然想起那滿頭的辮子。

「To be or not to be?」哈姆雷特的百年猶豫又像鬼魂的呼喊般，一遍遍在我腦海裡響起。

我愣愣瞧著媽媽。我的媽媽平常在電腦前寫著別人的故事，我的爸爸在他的事務所聽著別人的故事，我能說什麼？

難道要告訴媽媽我在籃球場跟人家打架，然後英文聽不懂，數學整個很爛，還是只因為沒喝到珍珠奶茶？就這樣？我彷彿聽到譚雅陣陣的笑聲。

唉，真是遜斃了。

我搖搖頭。

媽媽有點困惑，但她看起來鬆了一口氣。

「媽，你為什麼把我生得那麼笨？」

聽到這句話，我自己都嚇了一跳，不過我真的很想知道答案。

媽媽愣住了，「嗯？」她的表情看起來非常驚訝。

我又問了一次。

她皺起眉頭瞪著我，「沒頭沒腦的在說些什麼？誰說你笨啦，」她很快地又接著說，「你小學可是拿過許多獎狀的，好像是一、二年級吧？四年級好像也拿了一張禮貌兒童的獎狀，讓我想想放在哪裡？」

她走來走去，低聲嘟噥著：「這可能要問問你爸爸。」

「總之，」她停下來，明快地下了結論，「你可是相當聰明的小孩，小時候別人家的小孩才剛會坐，搖搖晃晃的，那時的你已經開始到處亂爬了。」

她激動了起來，「你不知道，那時我們鄰居得到消息時，可都爭先恐後地跑過來看呢。」

媽媽像回到十幾年前的時光，看到當初那個令她感到榮耀的嬰兒在爬行一樣，她的眼神發光，臉上露出了滿意的笑容。

原來我的媽媽只因為我提早進化為爬蟲類就感到無限的歡喜，我終於體認到天下父母心了。我真是感動。

「可是，」我還是忍痛潑了她一頭冷水，「我的數科從來沒拿過甲，還有，」我意猶未盡地繼續，「老師建議我下學期參加補救教學。」

我對自己真是毫不留情，彷彿現在談的是另外一個和我毫不相干的人。

媽媽深深吸了一口氣，她終於回到現實了。

她直直注視著我，一個字一個字地說：「聽著，寶利，我的小乖，我不知道你為什麼開始懷疑自己，但是，你要相信你自己，你有

潛力。」

「你有潛力。」媽媽像是要催眠我一樣，又重複了一次。但她的聲音變小了。

「媽，你的小說裡有幾個主角？」我換了個比較簡單的問題。

媽大概沒想到我會突然對她的小說產生興趣。她眨了眨眼睛，想了一想後回答我：「既然是主角，當然是一個咯，有時候也會多幾個啦！」

她頓了一頓，問：「你問這做什麼？」

我很想告訴媽媽，我想要像太陽一樣，光芒燦爛，傲視所有的星星，我不想和其他星星擠在夜裡一點一點地閃爍，我要像太陽一樣當天際的唯一主角，是黑夜或是白天，由我來主宰，就像高傲的譚雅一樣……。

門鈴響了。媽看了看我，直接下了決定，「今天請假一天吧。」說完便匆匆離開了房間。

我的肚子開始咕嚕咕嚕叫，還好不管我的腦袋瓜裡發生什麼事，我的腸胃看起來總是盡忠職守地正常運作，最起碼這是一件值得慶幸的好事。

我起身開始換衣服。這次帶來的衣服不多，雖然爸爸拿了一些過來，但在籃球場上已經折損了一件。不過，明明當初和媽媽去買衣服時都經過千挑萬選，感覺整家店都要被我們母女翻過一遍了，但現在看來竟然都還是千篇一律的T恤加上牛仔褲。真是奇怪。

我翻到一件灰色的，袖子已經有點短了，胸口緊緊的，不太舒服，我又換了一件米老鼠圖案的上衣，沒想到還是一樣，我只好又換了回來。褲子的褲管也跑到腳踝上了，不過，誤打誤撞地變成了流行的九分褲，也還不賴。

我拿起手機，找到夢想家的電話撥了過去，電話裡甜美的聲音告訴我要家長親自打電話請假，否則他們會直接打電話找家長確認。

「不好意思，這是規定哦，同學。」電話那頭再次溫柔地強調。

不管了。我掛了電話，慢慢踱出房門，客廳裡有客人，我定睛一看，是出版社的編輯阿姨。

編輯阿姨臉上畫了淡妝，一副大墨鏡架在頭上，肩上還背著個大袋子，連大衣都沒脫，就和媽媽坐在沙發上頭靠著頭嘰嘰喳喳地聊。她的膝蓋上放著一些書，左手還翻著一本，另一隻手拉著一個小女孩。

那女孩大概幼稚園的年紀，穿著及膝的粉色蕾絲洋裝，齊耳的妹妹頭，上面繫著朵大大的蝴蝶結，嘴裡不停重複哼著《冰雪奇緣》的〈let it go〉。兩隻腳晃在空中踢呀踢的，眼睛骨碌碌地直往四處轉。

她先看到我了，臉上瞬間綻放出一個大大的笑容。

「哈囉，姐姐！」她大喊。

「嗯，有禮貌，我喜歡。」我心裡想著。

我喊了一聲：「劉阿姨。」

那小女孩突然像掙脫牽繩的貴賓狗一樣，一下衝到我身上，天啊！我可憐的肚子。

編輯阿姨瞪了小妹妹一眼，轉頭對我說：「寶利，好久不見，你長高了。」她看起來很開心，不知道她高興的是看見我，還是終於擺脫我身旁的這位小妹妹。

媽媽對我說：「帶妹妹去吃一點東西，廚房裡有麵包。」

編輯阿姨對我抱歉地笑了笑，她對她的女兒恐嚇了幾句後，又轉頭繼續她和媽媽的「專業對話」了。

我拉著這個叫丹丹的小女生走到廚房，幫自己和她烤了幾片吐

司。她一下要塗草莓醬，一下又要奶油，最後又改變主意要求加上番茄醬。

我把番茄醬拿出來，她開始堅持要自己擠。

噗的一聲，我低頭看看自己的上衣，又少一件了。

她丟了番茄醬，開始往客廳跑，我聽到編輯阿姨尖叫著，「下來！你給我下來！」

我趕緊跟出去，一看，眼前的景象是一個小女生跳上沙發，腳下是阿姨帶來的書，眼看那些書就要陣亡了。

阿姨一把抱下小丹丹，把她牢牢抓在懷裡，然後不停地嘆氣，媽媽看起來也沒轍了。

我走過去，從那堆書中隨手抓了幾本，向小女生招招手。她眼睛一亮，馬上像猴子一樣跳了過來。

我看到阿姨投過來崇拜的眼神，好像我是拯救世界的鋼鐵人。

我翻開其中一本圖鑑，是教小朋友識字的，一開始是植物類。

我指著仙人掌問她，她想都不想，馬上叫著：「刺蝟！刺蝟！」

我看了阿姨一眼，她聳聳肩。

我又翻開另一頁，這次她看了很久，最後指著上面的字一個字一個字慢慢讀出來：「鳥—魚—子。」喔，my God！

我放棄了，換了另一本沒有字的。這本圖畫書我小時候看過，每一頁都有一大群人，密密麻麻的人群裡總會躲著一個戴著紅白帽子的威利。

每個威利都戴著圓圓的黑眼鏡，穿著條紋衣，拄著一根拐杖，臉上笑嘻嘻地，像隨時等待著被找到一樣。

小時候我常和爸爸媽媽一起找，有時在地底，有時在海上，在茫茫人海中……你永遠不知道他下一刻會出現在哪裡。

我想這本書應該可以讓這小妮子安靜一陣子。

我猜得沒有錯，這小女生一人霸占住整本書，兩手把書遮起來，深怕我先找到她的威利。她睜著大到不能再大的眼睛，屏住呼吸，誓言要揪出每個威利。

不過，在找出五個威利後，她已經慢慢開始不耐煩了。她開始轉移注意力，觀察圖畫裡其他的人物。

「快找啊，就在右邊上面一點哦。」我試著引誘她導回正軌，沒想到她大聲打斷我的話，「我不要找威利了，每個都一樣，不好玩。」她眼睛不停地動著。

「嗯，我看看……我來找寶利好了。咦，這裡，寶利姐姐在這裡，你看！」

她尖叫了起來，興奮地拉著我。

「你看，寶利寶利！」

我嚇了一跳，順著她的手一看，一個戴著黑眼鏡，綁著馬尾的女

生正站在圖畫邊邊的角落裡。

那是我嗎？

她又興致勃勃地開始找她自己，找她的媽媽，她的爸爸，她幼稚園的老師，所有所有她認識的人。不可思議的是，這些人在書中竟然全都找得到。

我仔細地跟著她重新看這本書。

我驚訝地發現，除了主角威利外，其他人在畫裡也有自己的故事，他們不是無聊的背景。有的人輕鬆地在遛狗，有的人正認真比賽，還有人在聊天。

最重要的是，每個人都長得不一樣，都在忙著自己的人生。

我從來都不知道，這本書也可以是「寶利在哪裡」或「丹丹在哪裡」。

我緊緊地抱住丹丹小妹妹，用力地給了她一個響亮的吻。

謝謝她讓我當主角。

8 等待

早上爸爸在樓下等我，據他的說法是要給我一個驚喜，說真的，看到爸爸我很開心，我很想抱住他瘋狂大叫，像小狗一樣撲在他懷裡撒嬌，但事實上我只是一直笑一直笑。

我已經七年級，這是我的極限了。

爸爸很驚訝我會去上補習班，他忘了我已經中學了，我也有壓力啊。

更何況要不是他們倆鬧彆扭，我怎麼會跑到這裡，提早面對我的人生呢？

唉……。

我們去附近的早餐店，爸爸一直低頭看他的文件，我邊咬著三明治邊看著爸爸。才幾天沒見，感覺好像有點不一樣。嗯，爸理了頭髮，耳上的頭髮非常服貼。

爸爸一向不能容忍任何事物越過他的紅線，他的書桌桌面總是淨空的，像剛響完防空警報的社區。衣服要燙過，襪子要摺，髮線方向固定，相反的，媽媽……就是相反。

爸爸規矩的計畫總會隨時被媽媽的即興打亂，而爸爸總是隨機調整再調整，不過還好，就像不倒翁一樣，一陣搖擺後終究還是會歸回原位。

只不過不知道，這次的擺盪會持續多久。

爸爸送我到補習班門口，「寶利，好好看著媽媽。」他憂心忡忡

地交代，但他看到我的臉色後，馬上笑著改口，「好好享受你的假期吧。」

他看了看錶，向我揮揮手，和他的紅色福特離開了。

是啊，享受我的假期。

我又回到夢想家了。

我告訴自己，沒什麼大不了的，這只是短程的冬令營，又不是我的一輩子，怕什麼。

不過，我還是在外面待到上課前一秒才慢慢走進去。

我們的導師喬治船長似乎很高興他的學生能全數出席。

他開心地放下點名簿，開始提醒下星期要舉辦的露營活動。

露營！我想起來了，這期冬令營有兩天的戶外活動，宣傳單上有寫。

天啊！兩天。我往惡女們的方向瞄了一眼，她們似乎都很興奮，今天譚雅的口罩是普通的白色，這代表什麼？白色恐怖？我不願再想了。

「唉呀！」喬治突然大叫一聲，用力拍了自己的頭。全班都嚇了一跳。

他看著我，抱歉地對我說：「張寶利，昨天露營分組，你請假沒有來，剛好漏掉你了。」他轉向全班，高聲喊著，「有沒有哪一組要再加人的！」

他笑嘻嘻地等著，一分一秒過去，教室裡只有愈來愈沉重的寂靜。

我感覺我快死了。

喬治終於察覺到這種尷尬的氣氛，他似乎不知如何是好。

他咳了一聲，正要說話，突然一句話打斷了他：「老師，讓張寶

利加入我們這一組吧。」

說話的是譚雅，班上發出了一片驚嘆聲。

原來今天她的白口罩代表的是慈悲與憐憫。我悲哀地想著。

「好！太好了！那麼下課你們要找時間討論一下，我會再補發通知單給你。」

喬治船長對我笑了一下，很顯然的，他也鬆了一口氣。

這種情形我看過。

小學時有個女生平常座位非常亂，地上總是堆滿沒吃完的早餐。功課從來沒交過，身上常常有一股奇怪的味道，同學私底下都說碰到她會得傳染病，那時大家都不懂。每次換座位都沒有人要跟她一起坐，她的座位旁總是孤伶伶的。

分組的時候更慘了，這也是老師最頭痛的時候，在對大家軟硬兼

施都沒用之後，最後總是用抽籤來解決這一切。

這方法看起來十分公平，大家也沒有任何反駁的餘地。

在中籤的那組一陣慘叫後，她總是默默地站到一邊，沒有任何表情。

我現在終於知道，這有多麼殘忍。

我緊緊咬住嘴唇，努力忍住我所有的情緒，希望能像小學時那個女生一樣，好好武裝我自己，保護好自己。

「我要上廁所。」我快忍不住了。

我快步衝向廁所，關上門，一次又一次地沖馬桶，直到我的哭聲慢慢停下來為止。

過了好久，我慢慢打開廁所的門，一抬頭，竟然看到譚雅。

她慢條斯理地在洗手台前洗手，不知道哪時候進來的。

我不自覺地瞧著她的手，她的手指又細又修長，像鋼琴家的手。

「你會彈琴嗎？」我竟然脫口而出。

她愣了一下，「會一點。」

可惡，我心裡想。

她突然湊了過來，低聲地說：「還記得嗎？」她左右張望了一下，「那鳥。」

對了，休息室外面的鳥。原來她是要來找我說這件事。

「我今天會找機會再過去看看，」她停了下來，直直看著我。

「你要去嗎？」

雖然她的語氣顯得那麼無所謂，但不知道為什麼，我感覺得到她希望我一起去。

兩個人的祕密，如果一個人獨享真的會爆炸。

我點了點頭，她看了我一眼，從口袋裡拿出一包面紙給我，轉身丟下一句話：「臉上有鼻涕。」

我不曉得現在該哭還是該笑。

譚雅找了個非常適當的時間，若無其事地告訴喬治，我和她那天離開休息室之後，發現有東西忘了拿了。

「什麼東西？」喬治疑惑地問。

「就是忘了是什麼東西，才需要去找啊。」譚雅甩著滿頭的辮子，理直氣壯地回答。

我目瞪口呆地望著她。總之，我們得到允許了。

我們下課後耐著性子慢慢走到休息室，進門後沒有看到其他人，馬上用衝百米的速度跳到窗戶旁。

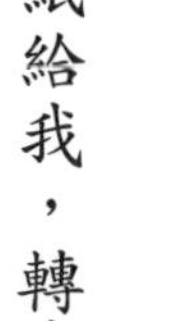

我們一人一邊用力扯開窗簾拉開窗戶，向外探頭一看，那卡其色的鳥巢似乎長得更大了。

譚雅冷不防吹了一聲長長的響亮的口哨。

「你幹嘛！」我嚇了一跳，轉頭怒瞪著她。

「來了來了！」她用力扯著我的肩膀，興奮地搖著。

灰色的影子漸漸由遠而近，那隻鳥搖搖擺擺地從遠方飛了過來。

灰色的胖胖鳥似乎已經把這裡當成牠的家了。牠嘴裡沒有叼樹枝，停在護欄旁搭搭走了幾步後，又拍拍翅膀飛走了。

我們忘神的繼續等著，開始猜想小鳥的故事，牠平常都到哪裡去了？牠有朋友嗎？牠去哪裡找食物呢？

「看完了嗎？」一句問話在身後輕輕響起。

「等等，又不趕時間。」我隨口回答，但我身旁的譚雅卻急忙轉過身體，她順勢擋住了那鳥巢。

我心裡一驚，跟著轉頭。

喬治來了。

他揮了揮手，譚雅無奈地讓了讓，他往前一探，睜大了眼睛。

「哇！」的一聲，把我們嚇了一大跳。

「太酷了，鳥巢！哇，真棒！不過，你們知道嗎，我小時候還曾經看過虎頭蜂窩，有這麼大。」

他用雙手圍出了一個大圈，接著想了一想，把手張得更開一些，然後開始細說從頭。

他口沫橫飛地敘述小時候看到那個屋簷下的蜂窩，是如何從一個碗口大小逐漸演變，成為超巨大的巨無霸蜂巢。

消防隊去拆的那天是如何驟然飛出了一團像黑雲一樣的蜂群，圍觀的人們瞬間一哄而散的奇景，就像電影畫面一樣，深深烙印在他童年的腦海裡。

這故事是如此的驚心動魄，我們呆呆地看著喬治，差一點就忘了身後的鳥巢了。

「鳥巢？」彷彿來自地獄的聲音，我不由自主地起了一陣雞皮疙瘩。

班主任的聲音把我們三個同時拉回了現實。

主任不知道是哪時候進來的。他看了看我們，搖了搖頭，開始動手收拾桌上的宣紙和墨水。

原來那張書法的主人是他。

班主任的個子不高，約莫只到喬治的肩膀。他很少出現，據說常微服出巡，私下觀察老師們的授課情形。

班主任姓謝，有些人私底下叫他蟹老闆，這代表的意義是——這裡的事他說了算。

蟹老闆慢吞吞地收拾好桌面，接著越過我們走到窗邊，他緩緩往下望，發出了「呃」的一聲。

我們全都不約而同地吞了一下口水。

我聽到蟹老闆對著窗口喃喃自語：「難怪最近一直聽到奇怪的聲音。」

他看起來像解了一個謎團般鬆了一口氣，接著轉過來面對著喬治。

「趕緊把這鳥巢清掉，以免招惹到禽流感。」他的表情十分嚴肅。

喬治有點不知所措，他看看我們，又看看蟹老闆，似乎無法立即下決定。

我大聲抗議，「主任，我覺得你太小題大作了，小鳥好不容易築好巢，你把它拆掉牠要怎麼辦？晚上牠們要住哪裡？這樣好像太殘忍了，有違教育精神哦！」我搬出教育大愛論，希望能力挽狂瀾。

「可是，」蟹老闆嘿嘿笑著，「最近禽流感疫情嚴重，我得為學生安全負起完全責任，學生的健康可是本班首要考慮的原則。」

怎麼辦？我無法反駁。

突然喬治又使出一招，「如果巢裡面有小小鳥該怎麼辦？要丟掉嗎？」

蟹老闆突然皺起眉頭，他遲疑了一下，問：「裡面有小鳥嗎？」

我愣住了，轉頭看著譚雅，她的白口罩底下看不出任何表情。

喬治熱切地問：「有吧，是嗎？一共有幾隻？」

我突然聽到譚雅的聲音冷冷地傳來：「裡面沒有小鳥。」

我感覺到現場一下全都洩了氣。

蟹老闆點點頭，他找了一個袋子，交給喬治。

喬治還是動也不動。

我彷彿看到一個具有同情心的人站在情與理的天平上掙扎，進退兩難。

唉，可憐的喬治。

突然間，譚雅一個箭步衝過去，伸手搶過了蟹老闆手上的袋子，然後一把撈起了窗欄下的大鳥巢，整團塞進了袋子裡，接著用力丟進蟹老闆旁邊的垃圾桶。

因為太用力了，垃圾桶搖搖晃晃地倒了下來，有些樹枝跟著散落出來。

這整個過程大概只用了五秒。

我們全都沒有說話。

我看到譚雅的胸口劇烈起伏著，她大聲地喊叫：「這樣可以了嗎？」

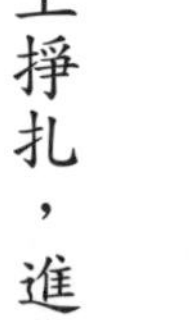

蟹老闆的臉一陣紅一陣白。

他站在原地，做了一下深呼吸後，緩緩對喬治說：「剩下的你來處理。」然後轉身大步走了出去。

喬治看著我們，嘆了口氣，無奈地說：「其實主任也有他的立場。」

譚雅轉過身背對著我們。

我不知道該說些什麼，只好扶起垃圾桶，幫忙收拾善後。

忽然，我感覺到垃圾桶裡有些動靜，我再仔細聽，有細細的啾啾聲。

「嘿！嘿！」我張開雙手在空中亂舞，「快來快來！好像有東西！快點！」

我小心翼翼地撥開袋子裡的樹枝，看到裡面有兩點黑黑的小眼睛。

樹枝裡隱隱約約有東西在輕輕顫抖。

哇……我們不約而同發出了一聲長長的驚嘆。

我們和那小眼睛對望了好久，一瞬間為這小小的生命感到無比的滿足與感動。

我和譚雅對看一眼，開心地笑了起來。

「好了。」喬治用力拍拍手。他鄭重宣布，「既然裡面有小小鳥，我們必須把牠放回去，讓牠的媽媽來照顧牠，這是基於人道處理原則。」

可是，蟹老闆那邊呢？

喬治拍拍胸脯，保證他會跟班主任盡力溝通。

於是我們把巢輕輕放回了原來的地方，關上了窗戶，關上了門。暗自慶幸它不是虎頭蜂窩，也慶幸我們不用當消防隊員，讓小鳥寶寶能安安穩穩地在家等待牠的爸爸媽媽。

9 喔，寶寶

已經過了三天了，我的心逐漸往下沉。

蟹老闆勉強同意暫時讓那鳥巢繼續留在原地，條件是絕對不可以打開窗戶，以免發生任何不可預測的感染危機。

我們已經冷靜下來，也能充分體諒到蟹老闆的為難，何況他還同意我們下課可以去看看那些鳥的動靜。

就一個肩負數百人生命安全的補習班經營者而言，他已經十分通融與讓步了。

就當作是生命教育吧，這也是本班的教育理念之一。

他是這麼說的。

這事已經在班上傳開了，同學們看了幾次熱鬧後就沒興趣了，火雞她們也顯得意興闌珊，她們大概對她們的老大感到萬分抱歉，沒能熱烈地共襄盛舉。

不過我倒可以理解大家為什麼興趣缺缺，因為自從那天以後，灰鳥夫妻就從來沒出現過了。

一開始我們總以為剛好錯過時間沒能看到牠們，但我們每節下課都跑去往外張望，希望能聽到那熟悉的搭搭聲，甚至有一節英文課還得到喬治的默許，整整在休息室守候了一節，還是沒看到胖胖鳥的蹤影。

我們開始莫名地擔心，如果鳥媽媽一直沒出現，那窩裡的寶寶該怎麼辦？

結果後來喬治帶來了一個驚人的消息。

他喪氣地說，一個學生物的朋友告訴他，萬一鳥巢被動過，沾染了生人的氣味，鳥類會立刻產生警戒心，進而放棄整個鳥巢，重新尋覓築巢的新地點，以確保自身安全。

我們聽了像被雷打到一樣僵在原地。

鳥媽媽不回來了，那不就意味著巢裡的寶寶將被放棄，我們不禁想起那黑黑的小眼睛……。

我不敢再想下去，我發現譚雅和我一樣焦慮，我們每天總抱著希望去窗口等待，譚雅不斷地呼哨著長而響的口哨，像汽笛一樣急急地催促，一遍又一遍，希望能引來小灰鳥，告訴牠們這裡是安全的，千萬別忘了牠們的小寶寶。

有好幾次我們都以為聽到了灰鳥的啾啾聲，但往外一看卻什麼也沒有。

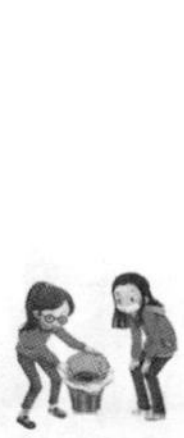

更糟的是，連鳥巢裡似乎也沒有任何動靜了。

我和譚雅終於決定偷偷打開窗戶，由我抱住她，讓她耳朵緊緊抵在巢旁邊。

她仔細聽了好久好久，像石像一般動也不動，長辮子在空中晃啊晃的，我卻完全沒有催她。

過了大概有一個世紀那麼久，她跳了下來。

我用眼神詢問她，她搖了搖頭，直直看著我。

我知道，我們成了凶手，我們要害死鳥寶寶了。

我們靜靜對望著，不知道是誰先嘆了一口氣。

我說：「我會回去查查怎麼照顧鳥寶寶。」

她竟然順從地點了點頭。

是啊，在生命面前，誰能不低頭呢？

回家後，我立刻向媽媽借了電腦，開始十萬火急地展開救鳥大作戰。

我花了整個晚上死命地搜尋，輸入所有的關鍵字，然後一一過濾所有的資料。我不記得我交任何報告時曾經這麼的拚命過。

我心裡清楚地知道，因為這不只是分數。

快呀！我對著電腦暗自吶喊。

媽媽聽了也十分緊張。她大叫，「太可怕了！怎麼會發生這種事？好可憐，怎麼辦？要餵牠吃什麼，要用吸管餵嗎？還是奶瓶？」媽媽邊走邊碎碎念。

天啊，媽媽以為現在是在牧場餵牛寶寶嗎？

我從電腦裡急急列印了好幾張紙下來，紙張刷刷刷的一一從印表機溜下來堆了滿地。

不過資料五花八門，一來因為不知道是哪一種鳥，二來也不知道

鳥寶寶年紀到底有多小，因此查了半天簡直毫無頭緒。

怎麼辦？我全身虛脫倒在沙發上。

「不然，打個電話問你爸好了。」

媽媽若無其事地走去電腦前開始敲打鍵盤，彷彿她剛剛沒有說過任何話。

是啊！我彈了起來，馬上撥給爸爸。

爸爸聽了後想了想，要我等他電話。

聽到爸爸沉穩的聲音，令我感到十分安心。

電話來了，才十分鐘。

爸爸要我查查當地野鳥協會的電話，他說這機構能協助救助受困的野鳥，另外他說很高興看到他的女兒這麼有愛心，希望他女兒的媽媽也一樣。

我轉述了爸爸的話，媽媽沒有理我，但我瞄到媽媽的臉上浮現出

一抹微笑。

我在電腦上一下就查到在地野鳥協會的電話，這是一群關懷野生鳥類的社會人士所組的民間機構，我相信他們可以協助我、譚雅，以及鳥寶寶。

第二天一早，我一到教室就迫不及待地告訴譚雅這個消息。譚雅兩眼放光，她跳了起來，我們兩個在教室裡放聲大笑，一直到喬治笑著走過來制止我們。

放學時我們得到蟹老闆的允許，進入休息室帶走了鳥巢，當然，我們不放棄希望，做了最後的等待，希望能看到胖胖鳥飛回來。

離開前我們望著空蕩蕩的天空，心裡默默地向牠們說聲抱歉，我們要帶走寶寶了。

我們將鳥巢小心翼翼地裝到袋子裡，為了確認裡面狀況，譚雅輕

輕撥開樹枝仔細地找。

「好像還在。」她小聲地說。

她不敢再驚擾那脆弱的生命，把樹枝重新覆蓋好，畢竟牠已經好幾天沒進食了。

我撥打電話過去，沒人接，我再打了一次，一次又一次，都是一長串的嘟嘟聲。

我心裡浮現不好的預感。我趕緊拿出列印的資料檢查電話有沒有錯誤。

結果，號碼是對的，可是現在已經過了下班時間了。而且，明天是假日，協會沒有上班。

我呆呆地站著。譚雅一把搶了我手中的資料，她一看，臉色變了。

過了一會兒，她把資料還我。

「還好有和他們合作義診的動物醫院，我們可以把鳥寶寶送到那裡，我回去再仔細查清楚。明天，明天我們一定要把寶寶安全地送出去。」

她的聲音十分冷靜，而且果斷，她又變回了女王譚雅。

她決定今天要把鳥巢帶回家，她看著我，我默默地點點頭，我能說什麼呢？

我們互留了電話，約了隔天見面的時間，不見不散。

我看著譚雅懷裡抱著一袋鳥巢，安靜地轉身離開。

袋子鼓鼓的，我知道裡頭裝著滿滿的愧疚。

10 那一本書

隔天一早起來，我火速衝了出去。

譚雅早早就站在籃球場旁，她斜靠在一輛流線型的變速腳踏車旁，身上揹了個大背包。

那背包開口沒關，那袋鳥巢就穩穩地放在背包裡。我彷彿看到一個慈愛的母親正小心翼翼背著她的小寶寶，只不過眼前的這個母親綁著滿頭黑人辮子，左耳閃著亮晃晃的耳環，臉上還戴著一副銀色的口罩。

銀色！天啊，今天的譚雅是要執行太空戰警的任務嗎？我咋了咋

舌。

譚雅看到我，她向我招了招手，我快步跑了過去。

她瞪著她的大眼睛：「你沒騎車要怎麼去？」

我哪知道到醫院去要十幾分鐘路程啊，更何況，我的腳踏車放在家裡沒帶來。我無奈地擺擺手。

譚雅按著額頭長嘆一聲。她轉頭看了自己的車屁股，那是輛變速型比賽車種，屁股並沒有後座墊。

她拿出電話來講了幾句話，不一會兒，火雞、平頭、口香糖都到了。

火雞載著平頭，口香糖自己騎了一輛淑女車，前面有個菜籃，後屁股有個塑膠座墊。

她嚼著糖吹了一顆大泡泡，揮手要我坐上去。

「快一點。」她含糊地說。糖差點又從嘴裡掉了出來。

譚雅一馬當先騎了出去，火雞隨後跟著。我毫不客氣一屁股跨上淑女車，車子沉了一下，口香糖哼了一聲，一咬牙追了上去。

冬天早晨的風有點寒意，我瑟縮在口香糖後面。

早上車子不多，三輛腳踏車就一列騎在馬路中央，好像英國女王儀仗凜凜駕臨一樣，就算經過的摩托車和轎車大聲按著喇叭，三位女騎士們仍舊不為所動，堅持走自己的路。我真沒遇過這種人。

突然，一團黑影旋風一樣衝了過來，領頭的譚雅應變奇速，一拐彎閃了過去。火雞接著發出一聲淒厲的慘叫，緊急剎車後，輪子卻失控往前直衝，幸好平頭在大叫之餘還不忘用腳幫她保持平衡，免於陰溝裡翻車的慘烈下場。

我看清楚了，那是一隻黑狗！牠對著來往的車子來回衝撞，張著森森白牙四處挑釁，就像一顆失控的砲彈。

現在，牠看上我們的淑女車了！

一樣尖銳的慘叫聲，只不過這次是發自我和口香糖的口中。

我們不停地尖叫，有點像在演唱會的現場，只不過我們的臉是嚇到扭曲的，沒想到這讓狗更加興奮！

牠狂吠著衝了過來，在車子旁邊東跳西跳，一下做勢要撲向口香糖的懷裡，一下張嘴要咬輪胎，後來，竟然開始衝向我的小腿！

啊啊啊！我快哭出來了！

我整個人嚇得往上縮，一隻腳幾乎都要踩到座墊上，就像馬戲團單腳站立的特技表演一樣搖搖晃晃，眼見車子歪歪扭扭的快倒了。口香糖抖著腿，大聲叫喊著騎不動了！

前面傳來「跳……跳……跳車！」的呼喊！是平頭！

我閉著眼睛跳下車，感覺自己下一刻就要墜入萬丈深淵了！我背

脊一陣發涼，只能一口氣推著口香糖快速往前跑！跑！跑！

我感覺我的心臟快爆炸了！

過了不知道有多久，我突然感到後面一陣安靜。

我邊推著車子邊張開眼睛往後瞧，那隻黑狗遠遠地低著頭不知道在地上咬什麼東西。

我喘著氣慢慢停了下來，口香糖眼裡含著淚對我說：「那是我的口香糖。」

後面的路，女騎士們開始願意靠邊騎了。

奇怪的是一路上總有些野貓也會偶爾逼近，但牠們不具任何威脅，火雞甚至還對牠們齜牙裂嘴的汪汪了幾聲。

口香糖轉過頭來低低地對我說：「我猜牠們是嗅到了獵物的味道。」

喔！是啊，那隻鳥寶寶。

我開始想像我們五個人是星際大戰裡的絕地武士，此行的任務是要安全地護送莉亞公主回母星，雖然我們在太空裡迷航，還遇到了要劫走公主的邪惡勢力，我們還是用強烈的意志力來保護公主，以維護銀河間的和平。

這時猛然我想起了譚雅的銀色口罩，心裡不禁佩服起她的先見之明。

動物醫院到了，譚雅小心地拿出袋子。我們進了醫院，向櫃檯的小姐說明來意後，把袋子交給了她。

穿著白色制服的小姐要我們填了表格，寫上發現的時間和地點，並簡單地留電話資料，之後她和另一個工作人員開始從袋子裡拿出鳥巢，經過了一番波折，巢看起來還算維持原樣，但重要的是裡面的寶寶。

我們十隻眼睛眨也不眨地盯著那小姐的手，看著她一層一層撥開樹枝，她的動作很慢，看得出來是一位有耐心的人。

突然她驚呼一聲，一團灰絨絨的東西噗噗地飛落在地上，那位小姐笑著把牠從地上捧了起來。

哈！我們總算見到那小東西了！

我們團團圍著牠，看著牠黑黑的小眼睛，大家傻傻地笑了起來。

生命的韌性實在太強了，令人肅然起敬。

我們開始七嘴八舌地向小姐說明牠好幾天沒進食了，再加上牠無辜可憐的身世。

小姐笑嘻嘻地聽著，答應我們會好好照顧牠，直到牠能自己生存。

「我們不會一直養牠，牠最後還是必須回到自然的環境裡。」小

姐說。

是啊，這是大自然的規則。

但是，有些鳥在城市中已經找不到樹了，牠們的家必須築在人類的窗台旁，屋簷下。

對牠們來說，都市就是危險的叢林。

但這些話我並沒有說出口。

小姐說了鳥的學名，我聽不懂，但這一點也不重要。

我們五個人走出動物醫院，陽光亮晃晃的，稍稍趕走了冬日早晨的寒意。

我們深深呼了口氣，互相望了望。

譚雅伸了個大大的懶腰，全身好像瞬間輕鬆了起來。

「我們露營好像是同一組的，計畫一下吧。」她說。

我們最後決定到附近賣場買一些活動材料，這次換我騎車載口香糖。

她對我剛剛面對黑狗時英勇的表現非常滿意，還請我吃了一條口香糖。

酸酸甜甜的藍莓口味，我很喜歡。

逛了一圈賣場，我們很快就買完需要的東西，譚雅俐落地算出每個人要分擔的費用。

「好了。東西可以先放在我家。」

她把整袋東西架在車上，車子馬上傾了一邊，感覺像要撐不住了，她還是用力頂著。

「大家分一分帶回去吧。」我說。

她們全都驚訝地看著我，不過都沒表示任何異議。

大家開始把東西分裝成五袋，譚雅的車子一下子輕鬆許多。

「去逛街嗎？」她往下看了看我的「九分褲」。

我的臉一下熱了起來。我掂了掂錢包，點了點頭。

不過，這逛街的規模和我以前到文具行選筆記本完全不同，這似乎應該稱之為掃街。

我這些「朋友」們對這附近太熟了，她們轉進了一條熱鬧的商店街。才剛中午，街上的招牌就亮晶晶的直閃。

我們每一間店都進去晃了一圈，我被她們推進推出，在身上比劃了好幾件衣服。等到我回過神來，手上已經提了兩袋東西了。全部價錢不太清楚，只記得當時所有的人團團圍住站櫃小姐，聲勢驚人。

小姐猛按計算機，一下皺著眉頭直搖手，一下又陪笑又嘆氣，最後譚雅不知說了什麼，小姐露出了為難的臉色後，最後還是勉強同意了。

她們看來很熟，我真懷疑，譚雅是不是這裡幕後的大老闆。火雞的戰利品是手機殼和兩條內搭褲，平頭和口香糖買了同款不同色的羽絨背心，譚雅換了綠色的耳環。我看了一下我的袋子，裡面有一件長版帽T、運動休閒外套，一條刷白直筒牛仔褲，外加一雙毛靴。

天啊！我是要參加變裝秀嗎？

這和媽媽的品味明顯不太一樣，不過我倒是挺喜歡的。

我們沿著街道慢慢閒晃著。商店街的盡頭藏著一間書店，和旁邊的服飾店比起來像個害羞的小孩，沒有閃亮的招牌，人也比較少，我們進去以後，裡面像是另一個世界。

所有的東西在這裡都慢慢沉澱了下來。譚雅進去以後也像換了個人一樣，她靜靜地走過每一區，開始注視眼前的每一本書。

最後她停了下來。

我實在很好奇她會看什麼書，科幻，哲學，歷史，還是原文書？

我偷偷瞄了一眼……咦，我無法置信，睜大眼睛又看了一眼。

媽呀，我的眼鏡差點掉了下來。

譚雅回頭奇怪地望了我一眼，「幹嘛？」

我急忙離開現場。

我的媽呀，是呀，那的確是我媽寫的小說。雖然我已經聽她在家裡陶醉地唸過幾千萬遍，但我的腦袋裡從來沒有出現過這一幕：有人會規規矩矩地捧著她的書來讀。

更誇張的是，譚雅買下了那本書。

我實在應該為我媽感到高興才對。

11 平頭理髮店

媽媽靜靜地看著我換上新的衣服準備上課，臉上沒有任何表情。從上衣到褲子，一直到腳下的短靴，我很高興不用再穿著太緊太短的上衣，隨時擔心露出我珍貴的肚臍，我覺得我好像變成了一個嶄新的人。

媽媽好像看不懂，一直沒有移開眼睛。我乾脆在她面前轉了一圈。

我對她露出了迷人的微笑。

媽媽說：「唔。」這意思是還可以。

她又盯著那條牛仔褲。

是因為腰邊的鉚釘嗎？還是褲管上閃閃的亮片？

哦，有個地方刷破了一個洞，露出了膝蓋。

我想她是擔心我感冒。我拍了拍腿，輕快地說：「沒關係，大家都這樣穿。」

「大家？」這語調有點不對，我該走了。

今天我和她們——我的新閨蜜——約好，下課後要到速食店討論露營時的表演活動，因為把通知單給媽媽看過，這樣光明正大的理由讓媽媽只能揮手放行。

最近我會和譚雅她們一起上廁所，一起討論她們的偶像，至於數學答案，更是整本借我帶回家。

一切都是那麼自然，彷彿只要冬天過了，春天就一定會來臨一樣

的順理成章。

我不知道我是不是渴望和她們一樣，或者更正確地說，和她們一樣的與眾不同，但當譚雅建議我可以換髮型時，我的內心竟然開始動搖。

我瞧著速食店鏡面上的自己，黑框眼鏡馬尾妹。

火雞指著自己的紅頭髮，「可以給你參考。」她很大方。

「不，謝了。」我不假思索地立刻拒絕，她看起來有點受傷。

「不過這顏色真漂亮，非常亮眼。」我趕緊靠過去仔細地欣賞。

火雞的髮質其實不錯，摸起來又細又柔，只是染成大紅色，容易給人一種失火的錯覺。

「是呀，大家都這麼說，上次戶外教學老師還拿我當集合的地標呢！」火雞得意地說。

我看著瘦瘦的她，腦海裡不禁浮現出一根燃燒中的火柴棒景象。

火雞左右偏著臉瞧著自己，她突然喊了起來。

「裡面長出黑頭髮了，又該重染了。」

她往旁邊推了推平頭，「你還會算我們友情價吧？」

平頭笑著點頭，「當……當然。」

在我還搞不清楚怎麼回事時，口香糖搶著說，「劉曉恩家裡開了間髮廊，我們的頭髮都是在那裡打理的。」

我驚訝地看著她，這位叫劉曉恩的平頭女孩，原來家裡開髮廊，難怪這麼時髦。

她笑嘻嘻的，用手摸著男生一樣的小平頭。

看著鏡中熟悉的自己，我還是沒有改變的勇氣。

「只是換髮型，又不是要你刺青。」譚雅的聲音在挑戰我。

我眼前出現了龍飛鳳舞的圖騰，我開始暈了。

在看到火雞露出她手腕上的玫瑰後，我停止了呼吸。

「那只是紋身貼紙啦。」

口香糖的聲音讓我活了過來。

她們全都笑了起來。

我忽然想到一件事。

我鎮定的問，「你們……吸毒嗎？」

但聲音感覺有點抖。

我發現我還不太認識她們，但我暗自告訴自己，無論我的閨蜜怎麼說，一定要堅持守住自己的底線。

她們全都瞪著我，「神經病才做那些蠢事。」

平頭接著說：「難……難道你……吸……吸毒？」

我讀到她們眼中的疑慮。

我也不是神經病。

不知怎地，我就被推到她家了。

平頭的媽媽是設計師，頭上五顏六色的短髮就像國慶日當天夜空爆發的煙火。腰上的圍裙上裝了一排大大小小的剪刀。

她看到我們馬上隨手抽出兩支剪刀，雙手並用，忽高忽低的滴溜溜轉了好幾圈，就像電影裡的西部牛仔耍雙槍一樣。

喀擦喀擦，她裝出低沉的聲音，「今天是誰的頭髮在癢啊？我可要好好修理一下！」

這位髮型設計師從西部牛仔一轉眼又變成了剪刀手愛德華。

難怪店名叫「magic！」我心裡想著。

那大大的黑色驚嘆號就是我現在唯一的感覺。

就像默片一樣，我先看到平頭乖乖地把自己交給剪刀手媽媽。

她媽媽下手毫不留情，又快又狠，我看到平頭的頭髮又短了一寸，就像剛被割過的草皮一樣清爽。

我突然想起以前在農場上看過的綿羊秀，那些外國牛仔拿著電剪，熟練地一片片卸下綿羊身上蓬蓬的厚重的毛。那些綿羊抖落了毛以後變得好瘦小，我還曾經撿過白白的羊毛當紀念。

只不過現在滿地散落的羊毛全是黑色的。

譚雅洗了頭，吹乾，重新編了辮子，可是就算她滿頭泡泡，她也沒拿掉她的口罩。

真可惜，我還沒看過她的臉。

接著火雞上場，她在咖啡紅和棕紅之間猶豫不決，平頭的媽媽蹲下來，把自己的頭放在火雞眼前讓她挑選。

原來她媽媽頭上花花綠綠的顏色，就是店裡染劑所有的顏色。

她把自己的頭當成一本立體的目錄，相較於其他髮廊的漫不經心，這種周到的服務真是太貼心了。

最後火雞好不容易決定要選擇磚紅，在倒上染劑的前一刻她卻又

要求重新換回原來的號碼，她的理由是想要維持一貫的風格。

「還沒換季呢。」她有她的堅持。

口香糖只願意護髮，剪染燙都不行。

她說她的頭髮以後要捐出去。她的頭髮又黑又直又亮，平頭的媽媽大為讚賞，她決定幫她免費服務。

結果最後，不知道為什麼，我不由自主地坐在椅子上，圍上大圍巾，然後不知不覺的，脖子越來越涼。

等我回過神來，我的馬尾已經不見了。

她們全都圍著我，像在欣賞一件藝術品一樣。

這一切就像一場夢。

媽媽瞪著我的頭，大概有三分鐘說不出話來。

她的臉色變幻不定，嘴巴欲言又止，就像蠢蠢欲動的活火山。

「張—寶—利。」我已經看到火山開始在冒煙了。

「先是破掉的牛仔褲，再來頭髮不見了，然後呢……」

她突然臉色慘白，搖搖欲墜，「你今天該不會跑去刺青了吧？」

我差點笑了出來，媽的思考邏輯看來和譚雅有點接近，這兩個人碰上說不定會有火花。

話說回來，我應該跟火雞拿些紋身貼紙的。

媽媽嚴肅地觀察了我的臉色，狐疑地說：「還是你在身上穿了什麼環？」

我抿住嘴，她更疑心了。

她開始發揮小說家的想像力，偵探柯南的觀察力，以及一位母親的行動力。

她迅速掃視我的耳朵、鼻子，還要我伸出舌頭，接著用迅雷不及掩耳的速度掀開我的上衣，仔細檢查我珍貴的肚臍。那樣子就像海關

的緝毒犬一樣。

我感覺不太舒服。「我知道自己該做什麼。」我大聲地說。

媽媽露出不悅的表情，「希望你也知道自己不該做什麼。」

一堆話爭先恐後地從我的嘴裡冒出來，攔都攔不住。

「我只不過和新朋友出去逛街買衣服，她們對我很好，還幫我殺價。剪個頭髮而已，連她媽媽都說很酷，我們又沒吸毒，那只是紋身貼紙，她們跟我開玩笑的，她說我們不是神經病……。」我又氣又

急，開始語無倫次。

媽媽臉色很難看，看來我要倒大楣了。

我和媽媽面對面，同樣的姿勢，像中間隔著一面鏡子般僵持著。

我在心裡從一百開始默默倒數，大概數了快五遍。

最後她終於開口了：「改天我要見見你的新朋友。」

她特別加重了「朋友」兩字的重音。

接著她用可怕的眼神直直注視著我。

「哦，忘了告訴你，我其中一位朋友買了你的書。」我說。

12 朋友來了

媽媽的態度起了一百八十度的轉變，她開始熱切地邀請她的讀者，哦不，是我的新朋友來公寓坐一坐。

她每天總是期待地問，明天有空來嗎？

譚雅她們很開心地接受了邀請。

儘管她們一直納悶為什麼會受到家長的歡迎。

平頭很好奇：「你媽……是做……做什麼的？」

我想了想，只能說，「和你媽差不多。」

是呀，兩個人都靠頭工作。

只不過她媽媽忙的是腦袋上的東西，我媽忙的是腦袋下面的。

平頭的媽媽手藝很好，人又風趣健談，是附近的名設計師，我的媽媽把自己關在六樓的高塔上工作，像長髮公主一樣，每日不知今夕是何夕。

這位非主流的作家是寂寞的，我現在才知道。

譚雅她們騎著腳踏車到我們公寓樓下，她們看到那片放肆的爬牆虎占領了大半面牆壁，忍不住開始品頭論足。

「WOW，酷哦！」口香糖吹著泡泡抬頭讚嘆著。

譚雅從車架上搬下一個大盒子，上面綁了緞帶。

她用兩手抱著，看起來非常重。

「是禮物。」她說。

她今天戴了粉紅色的口罩，看起來心情很好。

火雞頭上戴了毛帽，只露出幾絡紅髮，她說今天想要低調一點。平頭說她今天要少開口，直接扮成男生算了，我猜她不想讓媽媽知道她講話結巴。

結果，結巴的是我媽。

一開門，媽媽愣住了，「請……請進。」

我無法想像在媽媽的眼裡，我的新朋友究竟是什麼樣子。三頭六臂的外星人嗎？嘖嘖，大驚小怪。

媽媽今天大手筆地外點了披薩滿漢歡聚套餐，還有家庭號炸雞套餐。

桌面上滿滿的芝心披薩、薯星星、德國芝心腸、雙層起司辣味雞、黃金薯條、羅勒玉米濃湯、ＱＱ蟹餅……簡直像從童話故事裡的神奇桌巾突然變出來的大餐，這桌大餐不只成功地收服了這些發育中

的少女，也完美的掩飾了媽媽廚藝的不足。

我的朋友們全開心地叫了起來！

媽媽一開始嚇了一跳，後來也忍不住笑了出來。

媽媽坐在我們對面的沙發，她看著我們吃東西的樣子，有點像是科學家在仔細觀察某樣奇特的生物一樣。尤其是譚雅，她還是堅持戴著口罩，慢條斯理地把薯條往嘴裡面塞。

媽媽環抱著雙手，對眼前這一幕非常感興趣。

譚雅停了下來，她像突然想起了什麼，擦了擦手，把她的緞帶盒子推到我媽面前。

「送給你，阿姨。」

她的聲音有點害羞，真不像我認識的譚雅。我吃驚地想。

媽媽顯得很高興，她一面搖手說不用，一面又忍不住好奇，眼睛直盯著那盒子。

譚雅開始動手拆盒子，我們全停下來，湊過頭來瞧。

那是一大疊紙，切割得方方正正，像一棟高高的白色大樓。

好幾刀的紙，譚雅就這樣扛了過來。

我們全都吃驚地望著她，她顯得很不好意思。

「因為阿姨平常寫東西，我想可能會用到紙，所以……。」

我們全都呆住了。

媽媽看起來很感動，她拉著譚雅的手，對她說謝謝。

媽媽開始跟譚雅聊她寫的東西，包括那最後變成蝴蝶的人。

譚雅對媽媽問了許多問題，媽媽似乎有點訝異。我看了不知道為什麼，心裡有點不是滋味，趁機插話說以前還有寫人變成甲蟲哦。

譚雅想了一想，「是卡夫卡的《變形記》嗎？」媽媽笑著點點頭，她和氣地問了譚雅和其他人一些事。

在知道平頭的媽媽是髮型設計師後，她居然說下次也要去那裡換

個新髮型，請她的媽媽好好幫她設計一下。
平頭紅了臉，她馬上從自己的口袋中掏出店裡的名片給媽媽，答應到時候一定會幫她打折。

在媽媽到廚房收東西時，火雞喝著可樂東張西望。

她忽然問我：「你爸呢？」

平頭趕緊用手撞了她一下，口香糖也瞪著她噓了一聲。

我愣了一下，忽然懂了，我的閨蜜們大概以為我是單親家庭，我原本想笑，但轉念一想，現在這種情形和單親真的沒什麼兩樣。

我又想到，寒假結束我就要回家了。

天啊！我都忘了，只剩下不到一個禮拜了。

我低聲地解釋，她們全都安靜了下來。

譚雅先打破沉默，「距離和時間都不是問題，請問在場的人誰沒

有手機？」她環視著大家，說話的樣子就像傳教士在佈道一樣。

「對呀，我們到時候還可以一起上網聊天。」

口香糖與高采烈地吹了一個大泡泡。

啵的一聲！現場像開了瓶香檳！

大家都如釋重負，開心地笑了起來。

媽媽送了每個人一本她寫的書，她鄭重地說明這本書已經絕版了，只有我知道家裡還有庫存。

「謝謝阿姨。」

她們邊翻著書，邊看看媽媽，像在看一件稀奇的東西一樣，或許她們很難相信，這書裡的靈魂此刻正活生生地跳出來站在她們眼前。

不過她們想太多了，下次我應該也拿出我的作文簿來讓她們瞧一瞧。

媽媽笑嘻嘻的，眼睛瞇成一條線，笑容都要滿出臉來了。

她一再地說：「下次再來我們家玩哦。」

我知道她說的是我們真正的家。

她在六樓一直對著樓下猛揮手，我的朋友們騎著車子都到巷口了，還受寵若驚地頻頻回頭，向著遠遠的樓上大聲說再見。

看來我的朋友們已經通過嚴格的安檢，得到了認證，不再是媽媽眼中可疑的黑心產品了。

13 聽誰在唱歌

後天要露營，我得回家拿睡袋，媽媽說今天要跟劉阿姨開會，無法帶我回家，我只好打電話給爸爸。沒想到爸爸沒開機，我猜他應該也在開會。

爸的事務所就在家附近，馬路對面剛好有個公車站。我估計應該可以轉搭公車回去，來回我有把握，應該不會花掉太久的時間。

這兩天天氣不太穩定，氣象預報可能有大雨，我們擔心的是露營會臨時取消。劉阿姨開車接走媽媽，丹丹上幼稚園去了，聽說她對我

們家的番茄醬口味念念不忘。

劉阿姨苦笑著對我說，丹丹直到最後一刻還沒放棄要跑上車跟過來，幸好劉阿姨靈機一動躲了起來。

嗯，看來丹丹那本圖畫書要改成找出「媽媽在哪裡」了。

「她已經到處放話說假日要來找你玩，你可以應付得了她嗎？」劉阿姨擔心地問。

「沒問題。」我說，但我是安慰她的。

我也要去開會了。

今天的五人小組約在譚雅家，我們要決定露營當天晚會的表演。

我第一次去她家，其實就算她真的住在城堡裡，我也不會太驚訝。

我還是很驚訝。

譚雅的家是一棟二樓的日式樓房，我們到的時候，她正在前面的庭院幫她媽媽收衣服。

衣服啪啪啪地亂飛，起風了，雲也變厚了。

圍牆不是很高，我們不用踮腳就可以看到院子裡面的景象。

灰色調的屋子旁邊長了棵低低的樹，好像一伸手就可以摸到樹上的葉子。另一頭有個岸邊蹲著石青蛙的小水池，青蛙口中噗噗不停地流出水柱。

譚雅比她媽媽高，她站在池邊幫忙拉著曬衣服的竹竿，感覺下一刻就要摔進池裡了。

「小心！」我忍不住大喊。

譚雅轉過來看到我們，跑了過來。

她今天頭髮的辮子解開了，全部收攏在後面束成一根馬尾，整個包覆在頭巾下面，全身藏青色的運動服，深藍色的口罩，只露出一雙

眼睛。

看她身手矯健的樣子，再搭配上日式的背景，有那麼一瞬間，我恍惚以為她是個日本忍者，正打算執行組織交派的神祕任務。

我不由自主地轉頭看著那棵樹，找尋櫻花的影子。

「進來吧。」譚雅解下了工作的頭巾，領著我們進去。

我們向她媽媽打了招呼。譚雅的媽媽很嬌小，臉上很乾淨，絲毫看不出任何歲月的痕跡。她非常和氣，說起話來輕聲細語，聽了非常舒服。

由於她不能陪我們，臉上有著滿滿的歉意。

「要好好招待同學啊。」

她一再輕聲地交代譚雅，彷彿她是個不懂事的幼稚園小朋友。

譚雅聳了聳肩，代替回答。

我們穿過了玄關，來到她的房間。她的房間在二樓。

一開門，我一眼就看到了那頂帳篷。

帳篷靜靜地架在房間中央，像才剛降落到地球的飛碟一樣，我想，若現在裡面突然走出一隻八隻腳的外星人指揮官，我也不意外。

口香糖叫了起來：「太誇張了，你連帳棚都先準備好了，我們不是只要準備睡袋嗎？」

不等譚雅回答，她馬上鑽了進去。

「咦，你睡這裡？」

她又鑽了出來，「裡面有枕頭。」口香糖說。

「嗯。」她淡淡地回答。

我看了看四周，房間裡鋪的原木地板，散發著木頭淡淡的香氣，整排靠牆的櫃子，擺了滿滿的書和ＣＤ。窗邊擺了一張白色的書桌，

桌上很乾淨，只放著一個筆袋和一個水杯，桌旁有架打開的鋼琴，角落裡擺著一組鼓。

沒看到床。

火雞喃喃自語，「睡帳篷？酷斃了。」

譚雅把帳篷移到房間的角落，她一邊收拾一邊說：「時間緊迫，我們這組要拿什麼來表演？」

我們互相看了看。

「跳舞？」火雞說。

她看大家沒有反應，自顧自地站起來，雙腳併攏，兩手在肚子下交握成一個圓圈，慢慢的膝蓋下彎，在我們都還沒有準備好時，她突然像橡皮筋一樣彈起來！一個後踢，右腿瞬間在身後拉成一字馬！

「啊——」不知道誰先叫了出來。

接下來她開始不斷地踮腳轉圈，踮腳轉圈，這隻陀螺大概轉了十

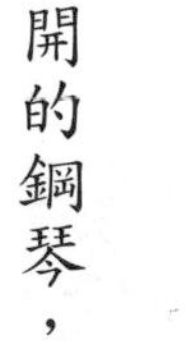

幾圈後，慢慢停了下來，優雅地拉開雙手，緩緩地鞠了個躬，然後搖搖晃晃地倒了下來。

「啊——啊——啊——啊——」這次我很清楚，所有的人都叫了出來。

「好暈。」火雞抱著頭躺在地上。

我驚訝地問：「你學過芭蕾？」

那樣子真的很像一隻垂死的天鵝，在水面上不停地掙扎。

火雞虛弱地說：「幼稚園的時候啦，媽呀！好暈，姐姐有練過，你們可不要學哦。」

我們全忍住了笑。

譚雅鎮靜地說：「就投票吧。」

火雞還在暈沒辦法舉手，事實上是沒人舉手。

她看向口香糖，口香糖搖搖手，緊張地說：「我不會啦，別叫我

上台，除非吹泡泡也算表演，我是可以同時吹三顆泡泡啦，這很難，還得小心別噴出口水……」

她開始得意起來了，甚至準備掏出口袋裡的糖來做示範，我們趕緊雙手打叉，嚴正否決這項提議。

我記得曾經在電視上看過吹肥皂泡泡的表演，吹出來的泡泡流動著彩虹七彩的色澤，不僅有泡中泡，甚至可以把人包進泡泡裡面。

那種帶有魔幻氣息的演出才能吸引觀眾的眼球，口香糖陽春的口水泡泡應該很難全身而退，我們是為了她好。

不過現在問題有點棘手，我直接注視著譚雅。這顆戴著口罩的太陽。

譚雅攤了攤手。

我隨手指向鋼琴、爵士鼓，她都搖了搖頭。

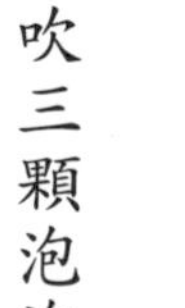

也對，我拍了一下頭，這些東西怎麼搬到野外露營區……。

啊，對了，我突然叫了起來，「唱歌，來唱歌！」

這是最簡單的人聲樂器，當然可以隨身攜帶，我已經可以想像譚雅代表我們這一組，用甜美的音色與天后般的風采，讓全場瘋狂的樣子。

「安可，安可！」我彷彿聽到了潮水般的歡呼聲。

沒想到大家一陣靜默。我感到奇怪。

譚雅直接走到鋼琴前面坐了下來，她想了想，低下頭，一陣琴音慢慢從她指間流瀉出來，慵懶的琴聲像月光一樣溫柔。

這旋律聽起來很耳熟，我幫爸爸在車上放過，好像是諾拉的歌。

突然間，我聽到了她清澈如水的聲音：

太陽不愛你，你老是曬傷，你躲在陰影裡看著世界轉動
最好找個地方匍匐在地上，不能待在這裡否則你會被發現
時間不會放過你，我不會騙你

旋律繼續往前走，歌聲和琴音彷彿互相安慰，我整個人完全呆住了，我不能相信我的眼睛和耳朵！因為現在眼前唱歌的人不是譚雅，而是平頭。

她此刻正閉著眼睛，忘記了自己平常講話的障礙。

所以今晚，我們可以生個火
在鐵絲網後的曠野，等他們入睡後繞過巡邏的犬

因為時間不會放過你，我不會騙你
有天我會問你原因，但不是現在

我也閉起了眼睛，但過一會兒就馬上張開眼睛問她們原因。

譚雅直接唱了一句回答我的問題。

我的天啊！那是什麼東西在叫？

那奇怪的聲波簡直不能稱之為歌。

而那位平常講話結結巴巴吞吞吐吐的平頭小姐，卻偏偏只有在唱歌的時候能解除上天束縛她的魔咒，讓聲音像小鳥一樣盡情地自由飛翔。

她們早就知道了。

老天真是公平的，也的確開了她們一個大玩笑。

「店……店裡放……放過這……首歌。」平頭害羞地說。

真的，她唱的比說的好聽。

14 口罩

真的下雨了。

我們開始在房間裡玩牌。

因為平頭堅持不在晚會上唱歌，我們只好勉為其難同意讓火雞上場，火雞一聽到機會來了，興奮地搓著雙手，她滿口答應我們回去要找出幼稚園時錄的表演帶子，重新再惡補一下。

其實我認為她如果改練現代街舞，酷帥迷人的機器舞步加上她火一樣的紅髮，肯定能燃燒起所有人的熱情，想想月球漫步和天鵝湖在一群青少年眼中的差異？

但我打算露營後再給她建議，以免橫生枝節。

口香糖說：「張寶利，換你了。」

她緊張地催促著我，生怕眼前局勢有變。

我微笑地看著她掩不住得意的臉，不動聲色地亮出了我的底牌。

啪！

噢……她們全懊惱地丟出自己的牌。

我已經贏了五局了！我張寶利可不是省油的燈！

儘管數學英語作文全不行，在撲克牌世界中，我可是張唯我獨尊的黑桃A！

我快樂地想著。

留哪張，出哪張，腦袋裡除了自己的牌，還得有別人的牌，下一步，再下一步，除了花色、機率，對手的個性，臨場的反應，都得計

算進去。

超大的膽子，敏銳的眼睛，冷靜的心。該堅持到底的，該忍痛捨棄的，沒有情感介入的空間，這是理智掛帥的世界。

我觀察每個人的表情，猜想她們可能的策略。

眼前沉不住氣的火雞，凡事無所謂的口香糖，想太多的平頭，以及沉穩的譚雅，在撲克牌遊戲裡，就是一場人性的戰爭，這是我那位精於邏輯推算的老爸教我的。

我花了多少個夜晚和老爸廝殺，這可是我受到嚴格特訓的成果。

我笑嘻嘻地把堆在地上的牌收攏，整理後再把牌拉出收回，反覆交叉洗牌，我愉快地將整副牌像手風琴一樣拉來拉去。

刷拉刷拉刷拉，我彷彿聽到了其中勝利的樂章。

火雞眨著眼瞪著我，「不玩了。」她乾脆地說。

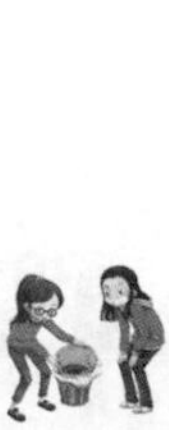

我有點失望，但看來其他人的意見都一致。

譚雅站了起來，她走到桌旁打開了窗，雨聲一下大了起來，轟轟轟的，外面的世界彷彿一瞬間都消失在雨中了。

「雨好大，我該回家了。」口香糖擔心地說。

這時，樓下忽然傳來譚雅媽媽的聲音，午餐已經準備好了。

譚雅堅持我們吃過飯再走。

我們坐在餐桌上，桌上鋪了長桌巾，每個人前面有一盤咖哩飯、燙秋葵、燉牛肉、羅宋湯，還有兩條烤魚，所有的食物都熱情地冒著煙。

在她溫柔的媽媽面前，我們全都變成了乖小孩，規規矩矩地吃飯。

除了譚雅，她還是戴著口罩，用扭捏的態度面對她眼前的食物。

實在太安靜了，我小心翼翼地舀起咖哩，優雅地送進口中，我老

媽如果看到這一幕，眼珠子八成會掉出來。

火雞大概想要找點話說，她東張西望，接著問：「你爸呢？」

又來了，真是老掉牙的問題，我們本來想取笑她，但話還沒出口，微妙的第六感讓我們發現不太對。

譚雅怔了一下沒回答，她抬頭望了她媽媽一眼，我不知道有沒有看錯，那眼中帶著隱隱的怒意。

譚雅的媽媽看起來有點累，她輕輕笑著說，譚雅的爸爸今天加班。

哦，我們全都鬆了一口氣。

真的，所有的爸爸每天不是在開會就是在加班。

我們的會開完了，也吃飽了，但屋外的雨還是下個不停。

火雞和平頭借了雨衣就騎車往外衝，口香糖遲疑了一下，才慢慢

地騎入雨中，她原本堅持要載我回家，但看她的樣子，這份義氣我還是心領了。

我想，還是借把傘走到公車站吧。我還得去找老爸拿睡袋呢。

譚雅說：「我陪你去。」她看都不看她媽媽一眼。

我們撐著傘出門，經過了樹旁的水池，池邊的青蛙痛快地淋著雨，動也不動，可惜它無法開心地嘓嘓叫。

我抬頭看了一眼那棵矮樹，那上面並沒有櫻花，只有小小的不知名的果實。

「那是櫻桃，季節已經亂了。」她說。

我們慢慢地走到車站，公車一下就來了，我上了車，轉身發現她也跟上來了。我驚訝地看著她，她找了個位置坐下來，閉起了眼睛。

不知道為什麼，我感覺她不想回家。

公車緩緩前行，不斷繞行在城市的迷宮中，不管兩邊有多少張牙

舞爪的樓房，車子總能輕鬆地在它們的環伺下突圍，再穩穩地照著設定的路線前進，停靠，再前進。

其實我比較納悶的是，明明直直向前可以更快地到達終點，為什麼車子總是傻傻地轉彎再轉彎呢？

「快到了。」我喊著譚雅。

要回家了，我突然很開心有人可以作伴。

我們下了車，在奔騰的大雨中，我依稀可以看到馬路對面的事務所還亮著燈，門前還停著一輛紅色的車。

我一手撐著傘，一手緊緊拉住譚雅，焦急地站在路邊等待，車子一輛接著一輛。下雨天的車子特別的多，也特別的慢。

「爸爸！」我高聲大喊。

雖然前面整片淅瀝瀝的雨幕，我還是看到爸爸走出來了。

我努力睜大眼睛，透過川流的車潮往前望。

雨聲實在太大，我用盡力氣再喊，「爸爸！爸爸！」譚雅也一起喊了出來！

我太開心了！

在瘋狂的雨中，我們隔著整排走走停停的車流，大聲亂喊亂叫。

突然，我看到爸爸向後轉。我停了下來。一個女人拉住了他。

我直直地往前注視著，一剎那間，眼前的雨不見了，車子也不見了。

我看到爸爸撥開她的手，那女人又拉住了他，她似乎在說些什麼，我聽不見。

我的心臟停了，我彷彿聞到茉莉花淡淡的香味。

「那水蛭一樣的女人！」

我的心臟因巨大的憤怒瞬間又開始劇烈跳動，砰砰砰，砰砰砰，我開始埋頭往前衝，像一頭失控的公牛一樣，我對著所有朝我按喇叭的車子放聲大叫——啊……啊……我衝過了大雨和車子，我分開了紅海，我穿過了馬路，最後停在他們兩個人中間。

我的胸口不斷起伏著，爸好像過了一下後才認出是我，他想幫我撥開濕淋淋的頭髮，我一把甩開了他，用力瞪著他的眼睛。

我那永遠不能忍受任何事物越線的爸爸，難道自己踩到紅線了嗎？

我轉過身來面對另一個女人，用眼神宣戰。

那女人撐著小花傘，眼神閃躲著，她看了看爸爸後低下頭，想要轉身離開。

我一個箭步上前用力一推，她跌了下去。

我憤怒地大叫：「不要臉！」

爸爸上前拉著我的肩膀說：「你誤會了。」

我瘋狂叫喊著：「還有你！還有你！」

我想起了高塔上的媽媽，忍不住摀起了耳朵尖叫。

一隻手伸過來攬住了我，是譚雅。

她什麼都看見了，我並不想要她和爸在這種方式下見面的，太丟臉了。

譚雅站在我旁邊，她對著爸爸講話，爸爸開始試著解釋，那女人低著頭站在旁邊。

我別過頭不想聽。

雨點不斷地打在我們身上，我們站了好久好久，我一再試著深呼吸，深呼吸。我可不想倒在那女人面前。

所幸那一陣陣冰冷的雨水讓我慢慢冷卻了下來。

爸爸說今天就要去找媽媽。我不想回家，譚雅要我留在她家睡一

晚。

我甩開了爸爸拿的衣服，默默和譚雅坐上了回程的公車。

車子穿梭在反方向的路線裡，車外的風景像倒帶一樣迴轉。回程到底是起點還是終點，我完全搞不清楚了。

我和譚雅全身濕淋淋地坐在一起，不發一語。

外面的雨凶猛的拍打著窗戶，玻璃上奔流著一條條的水柱，我呆呆地望著窗外。我沒有哭，但在窗戶的倒影上，我卻看到一個淚流滿面的自己。

譚雅的媽媽什麼都沒有問，她幫我準備了一套新被子和毛巾，拿了一套譚雅的衣服給我，輕聲叮囑我不要客氣。

等我洗完澡出來，發現桌上已經放著兩杯熱可可了。

譚雅在洗澡，我隨意地四處看著。她牆邊的那套爵士鼓吸引了我的目光，我拿起鼓棒，咚了一聲，再輕輕敲了一下鈸。鏘！那鈸顫巍巍地晃著。

我不由得想起剛上課的頭一天，譚雅拿著筆在桌面上敲打的樣子，架式十足，想不到她真的有練過。

我忍不住微笑起來，認識她還沒幾天，怎麼已經像是十分遙遠的事了。

譚雅出來了，她抓著毛巾用力地擦著頭髮，一頭長長的亂髮就像獅子一樣。

「你是獅子座嗎？」我問。看起來像驕傲的王者星座。

「天蠍。」她說。

嗯，原來是愛恨分明，有著黑暗魅力的蠍子。

我注視著譚雅，她換了一副淺藍色的口罩，今天一整天都是藍色

調系。

沒錯，今天非常的blue，雨天，爸爸，一切的一切，都令人感到憂鬱。

「你為什麼要一直戴著口罩？」

我終於問了，我驚訝於自己的勇氣。外面還是下著雨，但房間內沒有打雷，平靜如常。

她開始拿出吹風機把頭髮吹

乾，「你爸爸說那女人是他的客戶。」

她沒有正面回答我，我靜靜地聽。

「聽說她是委託你爸爸辦離婚案子的，要打官司，後來好像對你爸爸……」她看了我一眼，接了下去，「你爸爸說已經拒絕她好幾次了。」

這感覺很怪，好像是在聽別人家的故事。

「他剛剛說要把她的案子轉給其他律師，他很抱歉。」她說。

他早該這麼做了，而且，這些話應該親自對我說才對，不，親自對媽媽說。

她停了很久，深深吸了一口氣，好像下了很大的決心。

「我的爸爸在外面有女人。」我彷彿看到她的臉上瞬間失去血色。

「而且，」她很快地說：「那女人就是我媽媽。」

我的腦袋瞬間像一團打了結的毛線一樣，整團纏繞在一起。這是什麼意思？我疑惑地看著她的臉，最後，我終於讀懂了。

那句話代表的是，譚雅的媽媽是小三，那譚雅……我不忍再想下去了。

她開始不停地說話，一句接著一句，就像背了很久的稿子終於等到了上台的機會，她滔滔不絕地說著。對著我，也對著她自己。

她的爸爸是一家公司主管，住在另一個城市，有另一個法律上的家。

她的爸爸給了她們這棟房子，給了所有的東西，也給了不知何時會兌現的承諾。

她害怕她爸爸無法遵守諾言，她也害怕諾言實現的那一天。

她怪她媽媽為什麼選擇過這種生活，她也心疼她媽媽總是自己一個人。

她要代替她爸爸照顧她媽媽，她也要代替她媽媽照顧她自己。

她終於停了下來，慢慢吐了口長氣，感覺像是得到了解脫。

我們兩個人都沒說話。

我的腦海裡突然浮現出無數的譚雅，層層疊疊影影綽綽，但無論是哪一個，我都沒辦法看到她的臉。她用五顏六色的口罩掩蓋住她所有的情緒，只有那一雙眼睛，就像她自己筆下的大眼娃娃，無言地凝視這個世界。

我們一起鑽進帳篷裡面，帳棚很小，裡面有點擠。

我們兩個頭靠在一起，聽著窗外的雨聲。

搭搭搭搭……我突然想起在遮雨棚上走來走去的小灰鳥。

「我猜露營要取消了。」譚雅忽然開口。

「無所謂，反正我睡到帳篷了。」我說。

「而且我也提前欣賞到晚會的精采表演。」想到火雞，我們兩個同時笑了起來。

「你覺得，我的爸爸怎麼樣？」我小聲地問。

雖然他今天表現很爛，我不知道該不該為他辯護？

算了，他是律師，他自己來吧。

我把被子拉起來蒙住頭。

「嗯……」譚雅想了想，沒說話。我在被子裡頭有點緊張。

「才說了一會話，不太清楚。」她說。

「嘿，你今天已經賺到了，跟律師談話的鐘點費很貴的唷！」

我猛地翻開被子，誇張地叫了起來。

她咯咯地笑了。

「你睡覺也要戴著口罩嗎？」我好奇地問。

我轉過臉對著她，黑暗中只看見她的一雙眼睛，像鳥巢裡亮亮的小黑點。

「當然，我鼻子過敏。」她說。

是呀！這世界的污染何其嚴重。

雨不知不覺變小了，明天，我也該回家了。

那隻石青蛙晚上會跳進水池玩嗎？

旁邊那棵樹到底是櫻花樹還是櫻桃樹呢？

伴著隱隱約約的雨聲，我沉沉進入了夢鄉。

15 小說結局

露營果然取消了，雖然不意外，還是令人感到惆悵。

尤其，冬令營只剩三天就結束了。也就是說，快開學了。

聽到這消息，同學開始像鍋沸騰的水在教室裡咕嚕咕嚕直冒泡。

喬治耐心地等待台下哀號、跺腳、鼓譟，甚至有加碼利用道具演出趴桌、跳桌戲碼的人冷靜下來後，準備開始執行他身為導師的輔導義務。

在他剛要開口時，蟹老闆進來了。

蟹老闆慢慢走上講台，他看到我，咧開嘴笑了一下，我本來想假

裝沒有看到，卻不由自主地配合他笑了一下。

那樣具有催眠效果的感染力，真不愧是班主任。我吃驚地想。

他清了清喉嚨，一個字一個字慢慢地說：「各位同學，」他用真誠的眼神注視全班。

「感謝各位這些日子以來的全力相挺，」他右手握緊拳頭，振臂高舉，像個正在拜票的候選人，熱情洋溢。

「我剛剛在教室外已經可以深切地感受到，各位是多麼地捨不得離開夢想家。」

他眼泛淚光，抬頭望著天花板吸了吸鼻子，努力整理了一下心情。接著拿了一疊資料交給喬治。

「所以，這是下一期的課輔時間，開學後不久就會開班，」他露出微笑。

「回家要記得交給家長參考哦。」

他看起來依依不捨地離開了教室。

教室裡靜了幾秒鐘，首先是火雞，她爆出一陣笑聲，接著大家也跟著大笑了起來，最後，就連喬治也忍不住了。

教室裡飄揚的笑聲像孢子一樣四處傳播，讓人暫時忘記了升學即將帶來的痛苦以及煩惱。

我聽到喬治一邊發傳單，一邊搖頭讚嘆班主任的厲害。

火雞的座位離我最近，她挨過來低低地對我咬耳朵：「聽說喬治要出國了。」

我拿出傳單，看了看下學期英文任課老師的名單，裡頭果然沒有他的名字。

看來我們的船長已經站在船頭揚起他的風帆，拔起船錨準備啟航了。

我心裡想著。

我以為這是祕密，但接著我看到火雞轉頭又馬上告訴其他人，我就知道，整個鍋子即將又要開始加溫沸騰了。

幾乎所有的人都離開位置跳了起來，喬治沒有制止大家，他甚至不打算講話。他背負著雙手來回踱步，似乎想慢慢等待教室冷卻下來。

我懷疑蟹老闆會再一次聞風而來，然後戲劇化地扭轉這一切。

終於有人舉手直接問他，他不好意思地點點頭。

「為什麼？」這次是譚雅。

「你準備好了嗎？」

我沒料到她會這樣問。

喬治又露出了那口大白牙。

他笑嘻嘻地說，「我已經做好隨時回來的準備了。」

他注視著譚雅的口罩。

「倒是你，同學。」他意味深長地說：「希望我回來的那一天，你的感冒已經好了。」

譚雅沒有說話，也沒有拿筆敲桌子，她只是默默地翻開了英文講義。

是的，船長。我在心底默默替她回答。

她的感冒總有一天會痊癒的。

就像我爸的臉，一天就好了。

我不知道我的爸爸和媽媽是如何處理那件事的，我只知道回家後媽媽的眼睛腫腫的，爸爸的一邊臉頰紅紅的，不管如何，生活似乎又返回了原來的軌道。

我猜想爸爸拿了一手爛牌，到底是憑著哪一點全身而退呢？

超大的膽子，敏銳的眼睛，還是冷靜的心？爸爸私底下告訴我，還要有超厚的臉皮。

我倒覺得他膽子挺大的，生活上有太多情感介入的空間了，這不是單憑五十二張撲克牌就可以輕易解決的。

下次換我來教教他這世界的道理。這幾個星期下來，我學得可多了。

媽媽沒有對我多說什麼，只是對著電腦拚命敲打著鍵盤，噠噠噠，噠噠噠。

就好像要把她所有潮水一樣的情緒洶湧地發洩出來一樣，我看到一波波的巨浪不斷持續地拍打著，衝擊著。

不過那機關槍一樣的聲音，聽起來卻令人感到心驚。

小說的結局是什麼？

放學後，我和譚雅到書店看書。

她一邊找著書，一邊問。

我很感激她這麼關注媽媽的作品，舞台如果沒有觀眾的話，那將會是多麼的寂寞。

我們不只閱讀，還要傾聽裡面的聲音，最後，試著和書對話。

媽媽是這樣說的。

不過她平常和我對話的內容，卻大部分和書無關，我比較常扮演傾聽的角色。尤其是成績單發下來的時候。

「不能說的祕密。」我回答。

事實上我問過媽媽，但她每天給我的答案總是不同的。

昨天寫的東西，第二天打開電腦，又重新來過，她每天都試著給主角不同的人生和結局。就像沙灘上寫的字，只要潮水一來，全都消失無蹤。

「我媽說，這世界充滿著無限的可能。」我稍微給了她一點提示。

「嗯，換句話說，」我靠向她的耳邊，壓低了聲音：「其實我媽她自己根本也不知道。」

譚雅嚴肅地點了點頭，然後我們一起放聲大笑。

彷彿這世界裡只有我們兩個人。

16 回家

今天是星期六。

媽媽的小說告一段落，而我也即將開學，下午爸爸要開車載我們回家了。

媽媽打電話給劉阿姨，我聽到她們聊到丹丹。聽說她現在又看上了鄰居的一個大哥哥，每天纏著他一起玩遙控飛機，甚至她還要那哥哥假扮成機器人，接受她的虛擬遙控，說穿了就是——我已經失寵了。

但其中最令我自己無法置信的是，我竟然感到一絲絲的失落。

夢想家的寒假課程在昨天正式結束。為了安慰我們沒能去露營的遺憾，喬治在班上辦了一次同樂會，我們瘋狂地笑鬧著，雖然屋頂都要掀了，蟹老闆直到最後都沒有出現。可以想見的，他難得展現了身為班主任最大的寬容。

火雞變成了天鵝，她借了全套的芭蕾舞裝，漂亮的白色舞衣非常迷人，至於她的表演，我只能說非常的特別，起碼已經超越了幼稚園的層次，進入另一個全新的境界了。

平頭還是拒絕開口唱歌，她說自己需要沉澱的時間，她堅持禮讓口香糖上場。

口香糖單單就嚼口香糖這項前置作業就花了將近十分鐘的時間，她堅持一定要把口香糖嚼到一定的黏度和張力，才能吹出最完美的泡泡。

因此全班眼睜睜地盯著她獨自一人站在台上，努力地扭動全臉來

加工製糖，這景象真的令人難忘。

要不是她最後破了紀錄同時吹出四顆乾淨的大泡泡——裡面沒有一滴口水——的話，我們差點都以為台上已經改成嚼口香糖表演了。

不過，當四顆泡泡同時爆破在她臉上的時候，你必須承認，那才是她表演的精華所在。

譚雅的誠意十足，她當天扛來了整套爵士鼓。當然，以她追求完美的個性而言，這根本不算什麼。

我們全都屏息安靜地等待著，台下十幾雙眼睛緊盯著她，這簡直是巨星表演的規格了。

當她坐在那亮晶晶的龐然大物前面，神色自若地控制眼前大大小小高高低低的聲音時，我們全都跳了起來，飛了起來，兩手張開隨著鼓點節拍舞動。

我以前從來不知道，自己的舞跳得這樣好。而親愛的喬治船長，

他在人潮裡起伏，腳像踩在海浪裡搖搖擺擺一樣，最後，終於被我們簇擁而上的歡呼浪潮淹沒了。

早上譚雅她們騎著腳踏車來了，她們在樓下叮鈴叮鈴狂按著車鈴，聲音大得像全世界的玻璃瓶同時在公寓樓下狂敲一樣。

媽媽從窗口往下探了探頭，朝她們用力揮了揮手，樓下的鈴聲一下靜了下來，看她開心的樣子，好像是女王陛下正對著她的臣民揮手致意一樣。

她回到房間後，笑容滿面地對我說：「要記得邀請她們以後到家裡來玩哦！」

媽媽已經去「magic！」做過頭髮了。

她和平頭的媽媽相談甚歡，我在那裡把所有的雜誌都翻過五遍，旁邊客人的八卦也聽了好幾輪了，最後媽媽才頂著早就燙好的頭離

開。不過收穫是，這顆新頭讓媽媽至少年輕五歲。

我一下樓，映入眼簾的是一大片黃色。

我的閨蜜們穿著一系列深深淺淺的黃色服裝，就連譚雅臉上也換上黃色的口罩。

我上上下下打量她們，疑惑地問：「今天是主題派對嗎？」

口香糖說：「你今天要離開了，譚雅說黃色是離別的顏色，所以，我們決定……。」

她指了指自己身上，聲音充滿了感情。

我看著耀眼的她們，彷彿看到一片黃絲帶在空中飄揚。

「哪有那麼嚴重啊。」我故作輕鬆地說著，其實心裡很感動。

譚雅從車上拿出一袋東西遞給我，我接了過來，是一杯珍珠奶茶。

「我可是跑到喬治推薦的那一家店買的哦，騎了十幾分鐘。」

她輕輕地說著，聲調竟和她媽媽一模一樣。

我開始想像她口罩下的臉，是像她爸爸還是像她媽媽？

或者，就只是她自己？

我實在不知道該說些什麼了，我還能說什麼呢？

平頭小心翼翼地拿了個盒子給我。

「小小……小心……一點。」

盒子裡是一瓶護髮油，她媽媽推薦的是迷迭香的味道。

幸好不是茉莉花，我心裡想著。

我以為口香糖會送我一盒糖，沒想到她竟然送我她的牛仔褲。

「你試試看尺寸，」她一邊比畫，一邊認真的說。

「這條質料最硬，應該咬不破。」

原來是那隻黑狗，我忍不住笑了出來。

火雞拿出一堆紋身貼紙，她裝在一個小布袋裡送給我。

「那布袋是我自己做的。」她得意地說。

我請大家從袋裡選出自己喜歡的貼紙，一會兒，我們全成了紋身刺青女。

「酷斃了。」火雞大喊，我們滿意地互相欣賞起來。

譚雅突然說：「我應該準備禮物給你的。還是你需要口罩，我什麼顏色都有。」

她看來有點懊惱。

我笑著提醒她：「我們見面第一天，你就送我一個大禮了！」

譚雅愣了一下，接著大笑起來，其他人也跟著笑了出來。

是呀，那顆譚雅送我的籃球，此刻正好好地躺在我的書桌上呢。

最後，譚雅還是給了我一個珍貴的禮物。

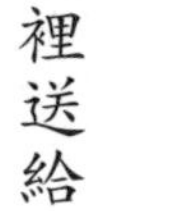

我看到了她的臉，和我想像的有點不一樣，卻又好像早已經見過無數次。

不過我終於發現，這一點也不重要。

我不會忘記她的。

爸爸開車來接我們，我幫媽媽打開右前方的車門，媽媽驚訝地看著我，沒說什麼，側身坐了進去。

我坐在後方，安靜地看著前面。

媽媽不再一直往外看，幻想著自己的小說故事，她坐在前面忙著和爸爸聊天，拌嘴，然後手忙腳亂地幫他找ＣＤ，拿飲料。

我的眼前雖然沒有迎面而來的嶄新世界，卻有著我心中最美的風景。

快到家了，爸爸總是知道回家的方向。

我想像自己以後也要坐在駕駛座上，穩穩握著方向盤，踩足油門，向前方奔馳而去。而我，也會看清自己的方向。

是呀，我一定會。

九歌少兒書房 243

前進吧！寶利

著者　翁心怡
繪者　李月玲
責任編輯　鍾欣純
創辦人　蔡文甫
發行人　蔡澤玉
出版發行　九歌出版社有限公司
臺北市八德路3段12巷57弄40號
電話／25776564・傳真／25789205
郵政劃撥／0112295-1
九歌文學網　www.chiuko.com.tw
印刷　晨捷印製股份有限公司
法律顧問　龍躍天律師・蕭雄淋律師・董安丹律師
初版　2015（民國104）年8月
定價　**260元**

書號　0170238
ISBN　978-986-450-010-9
（缺頁、破損或裝訂錯誤，請寄回本公司更換）

國家圖書館出版品預行編目(CIP)資料

前進吧！寶利 / 翁心怡著 ; 李月玲圖. --
初版. -- 臺北市 : 九歌, 民104.08
面 ; 公分. -- (九歌少兒書房 ; 243)
ISBN 978-986-450-010-9(平裝)

859.6 104012002